尖閣ゲーム

SENIKAKU GAME

青木俊

幻冬舎

尖閣ゲーム

目次

序章

「にいに、にいに、寄ってでって。寄ってでって」

「どこから来たの？　上がってでって」

濃い化粧の女たちが叫ぶ。

紫色のドレスの女。ピンクのミニスカートに網タイツの女。

寄ってでって、上がってでっての語尾が、沖縄訛りでやさしく抑揚し、女たちを妙に健気に感じさせる。

むせかえるような夏の、金曜日の夜だった。

広くもない路地は、欲望に目をぎらつかせた男たちで祭りのような混雑だ。さっき浴衣姿の相撲取りの一団を見た。東京から来たのだろう、真栄原《まえはら》も有名になったものだ。

小さなスナックがひしめくように並び、女たちは軒下に立ったり、ガラス戸の前の椅子に座ったりして客を引く。

店の奥のふすまを開けると、四畳半の小間があって、マットが敷かれ、客は終えると反対側の出口から帰る。この、ちょんの間の気軽さと、十五分五〇〇〇円という料金、そして十代が大半といわれる女たちの若さが、「真栄原社交街」の売りだ。

連れの奴は早々としけ込んでしまい、こうした場所に不慣れな私は、ふらふらとさ迷うように路地を歩き、いつしか街のはずれに出てしまった。

店が一軒、ぽつんとあった。

トレインライトというのだろうか、橙色の丸い電灯がぼんやり灯っている。周囲の喧騒が、なぜか潮のように引いて、不思議な閑寂が辺りを包む。

なにかに引き込まれるように近づいていった。

ガラス越しに、空のビール瓶が一本、朱塗りのカウンターの上に、ポンと置かれているのが見えた。視線を振ると、隅のパイプ椅子に少女がひとり座っている。

細い黒縁の眼鏡。長いまっすぐな黒髪。白いブラウス。

黒いミニから伸びた細い膝をきちんとそろえて、一心に文庫本を読みふけっている。

まだ、十六か十七くらいに見えた。どぎつい原色の衣装を見過ぎた目には、白と黒の取り合わせが新鮮で、コールガールのけばけばしさを消していた。まるで高校の教室にいる、ちょっと内気な文学少女のようだった。

「ごめんなさい……」と、声をかけて店に入った。

少女が驚いたように顔を上げた。

眼鏡の奥の、大きな両眼をいっぱいに開いて、私を見た。

舐めた飴のように光る、真っ黒な瞳だった。

少女の唇が動いて、なにか言った。

私もひと言、なにか答えた気がする。

少女がじっと私を見つめた。
意識が飛んで、まるで吸い込まれるように、私も少女の眼を見た。
少女の膝から文庫本がぱたりと落ちる。
少女がゆっくりと口をひらいた。
「あなたが王になる。いつの日か、この琉球の王になる」
か細く、小さな声だった。しかし、その声は、雷鳴のように私の躰《からだ》を貫いた。
それが、私とオキタキの出会いだった。

第一章

視界一面に微細な粒子が張りつめて、夜の景色がぼやけている。霧が海から流れてくるのだろう。横浜らしい、といえば、実に、らしい……。

いい感じだ。幽霊が現れるには、おあつらえむきの雰囲気だ。

秋奈はシャッターが大方閉じた伊勢佐木町のモールを進み、三本目の十字路を右に曲がった。街灯がやけに暗い。さらに五分ほど歩いて、ソープランドの淫靡《いんび》なネオンが目の前に迫ってきた頃、通り沿いの左手にその店を見つけた。

チェーンの居酒屋とシャッターを下ろした古着屋の隙間に、ぽっかり開いた黒い空間。その前に、小さな白い看板が出ている。

「NZバー」

中の蛍光灯が切れかかって、看板がパチパチと点滅する。黒い隙間の奥には、二階に昇る急な階段が見えた。

ここだ……。

拳を握りしめた。

冷たい緊張がひろがって、胸がドキドキしてきた。

居酒屋の窓ガラスに顔を映した。

二重の瞼に、くっきりとした目。細い鼻。薄い唇。クールで、それでいて芯の強そうな面差し。

大丈夫……。まるで姉がそこにいるみたいだ。

もともと姉とは双子のように似ていたのだ。その上に、明るいオークル系のファンデーションと軽めのアイラインで、念入りに化粧を似せた。髪は姉ほど長くないけれど、上げて後ろで束ねた。服も、姉がよく着ていたスリムな黒のパンツスーツで、キリッと決めた。

霧の夜に突然現れた、死んだはずの女。

そのとき男がどんな顔をするか、じっくりと反応を見定めてやる。

姉の不可解な死。

真相をいきなり尋ねても、どうせシラを切るだけだ。もし男が姉を知らなければ、ただ淡々と注文を取るだろう。だが、姉を知り、ましてその死の真相を知っていれば……。

急な階段に足を踏み出した。

一段昇るたびに、心拍数が速まって手のひらに汗がにじむ。

厚い木製の扉の前に立った。

お姉ちゃん、見ていてね。

心の内で呼びかけた。

そして、大きく息を吸って扉を開けた。

棚にぎっしりと並んだ洋酒の瓶が目に入った。五、六人が座れるカウンターにテーブル席が二つ。小さくジャズのスタンダードナンバーがかかっている。店内はガランとして、客も店の人間もいない。

カウンターの端に腰を下ろした。

黙って待った。

正面の小扉が開き、のっそりとバーテンダーが現れたのは、三分以上経ってからだ。

白シャツに黒のベスト。背が高い。

「いらっしゃい」

と、言って上げた無精ひげの浮いた顔。

写真で見た顔を網膜によみがえらせた。印象はかなり違う。でも、間違いない。

南条優太郎《なんじょうゆうたろう》。

資料では、今年四十二歳のはずだ。

秋奈はすっと顔を上げた。

バーテンダーの両眼が、訝しげに細まった。そして次の瞬間、驚愕で飛び出すほどに見ひらかれた。

「あんた……」

男が呻くような声を漏らした。そして、なにか怖いものでも見たように、息を呑んで後ずさった。

やはり、この男は知っている。姉を。その死の真相を。

南条優太郎が、驚きを顔に張りつけたまま立ち尽くしている。

秋奈は、とどめの台詞を口にした。

「コーヒーにラムを垂らしていただけますか」

南条の喉仏がゴクリと動いた。

このひとは飲んだことがあるのだ。姉が好み、よく近しい同僚にふるまったというコーヒーを。


「あ、あんたは……」

「山本秋奈《やまもとあきな》です。春奈《はるな》の妹の」

まっすぐに見つめた。

南条の顔が泣くようにゆがんだ。


南条優太郎は、元警視庁公安部外事二課の刑事である。

南条が警察を辞めたのは五年前。姉の死が発表された三か月後のことだ。

姉、山本春奈は、警視庁捜査三課の刑事だった。

五年前の三月、姉は、東シナ海で行われた「島嶼《とうしょ》上陸訓練」に参加し、内火艇という自衛隊のボートが転覆して海に投げ出され、行方不明となった。

訓練は自衛隊と合同で行われたもので、同乗していた他の五名は陸上自衛官だった。

「懸命に捜索しましたが、遭難地点は急な流れの海域で、結局ひとりも発見できませんでした。六人全員が死亡したと考えざるを得ません」

秋奈たち遺族のもとに説明に来た警視庁の参事官は、そう言った。

まったく、まるで、百パーセント、納得できない話だった。

捜査三課は、窃盗事犯を扱う部署だ。スリとか空き巣とか万引きとか……。そこの刑事だった姉が、一体全体、どういう理由で南海の離島の上陸訓練に参加しなければならないのか。しかも自衛隊員と一緒に。

秋奈は参事官に詰め寄った。

「東シナ海等の島嶼に、中国人などが不法上陸した場合、まず警察が逮捕を試み、もし相手が重武装しているような場合は陸自が対応する。そのための合同訓練でした」

参事官はそう説明した。

それもおかしな話だ。東シナ海の不法上陸に対応するのは沖縄県警で警視庁ではない。もっとおかしいのが、訓練は警視庁内でも知る者がほとんどなく、極秘裏に行われたことだ。説明どおりの訓練ならば、秘密にする必要はまったくない。むしろ大々的に公開すべきものだろう。

「変じゃありませんか！」

声を荒らげると、

「機密にする理由はもっぱら防衛上の観点からで、残念ながらこれ以上は申し上げられない」

参事官はそう言って顔をそむけた。

事故直後、秋奈の勤める「沖縄新聞」を含め、地元のメディアが背景を取材した。だが「防衛上の機密」の壁は厚かった。それに、自衛官や警察官の訓練中の事故死に、世間はさほどの関心を抱かぬものだ。

事故はすぐに忘れられた。

もちろん、秋奈はおさまるはずがなかった。

警視庁の説明は不自然すぎる。

なにかを隠している。

以来五年間、真相を求めて関係者を訪ね歩いた。だが、誰もが逃げ、面会はことごとく拒絶された。そしてようやく探し当てたのが、姉と同じ「島嶼上陸訓練」に参加し、直後に消息を絶った南条優太郎だった。


南条はずっと俯いたままだった。

「南条さん。話してください。お願いします！」

秋奈は必死の思いで声をかけた。

南条はようやく顔を上げ、覚悟を決めるように目を閉じ、再び開けた。そして意外な言葉を口にした。

「あなたに、渡すものがある」

＊

秋奈がバーを出たのは午前零時過ぎで、馬車道近くのホテルまでタクシーで帰った。

長い無人の廊下を歩き、部屋のドアを静かに閉めて、キーを壁のソケットに差し込んだ。

蛍光灯が瞬いて、部屋が明るくなった。とたんに、ぎょっと立ちすくんだ。

姉がいた。

姉が驚いたようにこっちを見ている。

「お姉ちゃん……」

笑いかけ、すぐに顔が凍りついた。

姉は、正面の鏡に映った自分だった。

その瞬間、張りつめていた気持ちが砕け、感情が爆発した。

お姉ちゃん……。

お姉ちゃん！　お姉ちゃん！

涙があふれて、床に崩れて声を上げて泣いた。

姉の死の真相が知りたい。その思いの根っこには、この目で遺体を見るまでは、死を信じられないという、肉親の感情があった。警視庁の話がデタラメで、姉はどこかで、ひっそり生きている。そんな、すがりたくなるような一縷《いちる》の望みがあったのだ。

だが、きょう、望みは断たれた。

姉は死んだ。そのことが動かぬ事実として突きつけられた。

お姉ちゃん。可哀相なお姉ちゃん。ひどすぎる……。


気がつけば、いつの間にか空が白んでいた。

明るくなった窓ガラスに、涙が乾いた顔が映った。

小さなルビーの指環を、そっと手のひらにのせる。

姉は、ようやく家族のもとに帰ってきた。

こんな姿になって……。

「これを、いつかご遺族にお返ししよう、ずっとそう思っていた」

南条優太郎は、そう言ってこの指環を差し出した。

姉がいつも身につけていた指環。

主を失くした、ささやかな指環。

姉は死んだ。海ではなく、陸で。それも、驚くべきことに、尖閣諸島の魚釣島で。

南条は姉とともに島に上陸したという。

なぜ、あなた方は、そんな島に？　「島嶼上陸訓練」ならば、そんなヤバい島を選ぶものか。

だが、質問の言葉は呑みこんだ。じっと、南条の唇を見続けた。

「春奈さんは、上陸後、島の中央にそびえる、奈良原岳の密林に入った。そこで亡くなった。他の十四人の自衛官たちとともに」

死んだのは六人、ではないのか。そこも警視庁の説明と違う。

「指環は、彼女のご遺体から、自分が抜き取った」

血が引いて、胸が締めつけられていった。

南条は見たのだ。その目で、姉の死体を。

「ご遺体は、我われが埋めた」

「魚釣島に？」

「そうだ」

「そんな、バカな！　どうして東京に――」

「そうせざるを得なかった」

南条が苦しげに遮った。

「あ、姉はどのように――」

死んだのですか、と、終わりまで言えなかった。恐ろしい予感が胸をゆさぶり、膝がぶるぶると慄《ふる》える。

「春奈さんは――」

言いかけて、突然、南条がぎゅっと目を閉じた。気がつけば、顔面が蒼白で、額に玉のような汗が浮き出ている。

「それは、自分の口からは言えない」

南条が顔を左右に激しく振った。

「話してください！　南条さん！」

叫んでいた。「さんざん探して、ようやくあなたにたどり着いたんです！」

必死だった。姉の死に様を聞かずに帰れるものか。

南条が目を開けた。

「阿久津天馬《あくつてんま》という人物がいる。阿久津コンサルティングで調べればわかる。その男がすべてを知っている」

「いいえ」秋奈は強く首を振った。

「これまでにもずいぶん当たったんです。でも、みんな貝みたいに口を閉ざして。その人だって、きっと――」

「こう言えばいい」南条が、また遮った。

「南条優太郎に会いました。『羅漢《らかん》』について聞きました、と。そう言えば無視はしない」

「『羅漢』って？」

「『冊封使録《さくほうしろく》・羅漢』だ。そう言えばいい」


人差し指で、手のひらの指環をさすった。姉の肌を慈しむように。

また瞼の裏が熱くなって、涙があふれ出す。

姉は、なぜ魚釣島なんかに行った？

そこでなにが起きた？

なぜ遺体を埋めた？

南条は、あれから固く口を閉ざし、わからないことばっかりだ。

政府はすべてを隠した。遺族にウソをついて……。

怒りが、音をたてて胸の中を吹き抜ける。

南条は、阿久津天馬という人物がすべてを知っている、と言った。

いったい何者？

そして、「羅漢」ってなに？「冊封使録・羅漢」って……。

息をついて時計に目をやった。

午前七時。

テレビをつけると、ちょうど朝のニュースが始まったところだった。

沖縄の女子高生殺害事件の続報がトップだ。

《米軍基地と沖縄県警本部への抗議行動が依然として相次ぎ、きのうの夜も――》

アナウンサーがリードを読み上げる。

先月の四月九日、沖縄駐留部隊の米兵三人が、通りすがりの女子高生を廃屋に連れ込み、強姦し、殺害した。

当然のことながら、この事件に沖縄世論は激高し、全県に怒りの嵐が吹き荒れた。

地元紙「沖縄新聞」の記者である秋奈も、あすから再びその取材に忙殺される。

でも、お姉ちゃん――。

指を折って、手のひらの指環を包んだ。

＊

十時過ぎに、Tシャツに大きめのジャケットをざっくりはおってホテルを出た。

姉と似ているのは顔と躰つきだけ。性格はクールじゃないし、服の好みも全然違う。ここ二、三年、プライベートではジーンズ以外身につけたことがない。化粧もファンデーションを軽くはたいて口紅を引くだけだ。

JRで品川に行き、坂を上って、高輪の住宅街にあるカフェテラスに入った。

白枠の大きな天窓から、初夏の日差しが降り注ぎ、小さくモーツァルトが流れている。日曜の昼なのに、客の入りは半分くらいだ。

いつもどおり、一番奥のテーブル席についた。この場所が、〝密会〟の指定席だ。

アイスティーを頼んで頬杖をつき、ぼんやりと入り口に目を向けた。

約束の十一時半を少し過ぎた頃、ドアの隙間に醬油の染みた里芋みたいな顔が見えた。

里芋男は、ずんぐりした躰を、季節はずれの厚ぼったいキャメルの上着と皺のよった白のシャツ、折り目の消えた煙突みたいなズボンで包み、こっちに向かって歩いて来る。

幾分青ざめ、平べったい顔の中で、唯一の美点と言えるくりっとした眼も、寝不足なのかしょぼついている。

「沖縄は大変なのに、よく出て来られたね」

正面に座ってから、話の端緒を探すように里芋が口を開いた。とたんに、プンと酒の匂いがした。

男の名は、堀口和夫。

警察庁のキャリア官僚で、生活安全局の企画官である。そして、姉、春奈の恋人だった。

「この土日は〝強制休暇〟なんですよ。例の事件で、勤務時間が四百時間を超えちゃって……」

秋奈も、淡々と答えた。

未明に、堀口に電話で姉の死を伝えた。そのときの、電話の向こうの沈黙の長さは、そのまま姉への愛の深さだと思った。

正面の堀口を改めて見つめた。姉を失って五年。独身のままで、すでに四十になったはずだ。

突然の春奈の「殉職」。その真相は、警察内部にいる堀口さえ知り得なかった。

ならば、探ろう。

二人はこの間、年に二回か三回、このカフェテラスで会い、おもに秋奈が調査結果を報《しら》せ、必要であれば堀口がその裏をとったり、補強調査をしたりする、そんな関係を続けてきた。南条優太郎にたどりつく手がかりも、実は堀口がつかんだものだ。

警察官僚である堀口は、こっそりとしか調査ができない。それでも密かに調べを続けてきたのは、春奈が生きているかもしれないという淡い希望が、堀口にもあったからだろう。

「これ……。昨夜話した指環です」

秋奈は、手のひらにルビーの指環をのせて差し出した。堀口は指先でつまんで、じっと見つめた。

「ああ、いつもあいつがしていた」

愛おしむように、手のひらに置く。

「これは、例の、お母さんの？」

「ええ。亡くなった母の遺品です」

だから姉は、お守り代わりにいつも身につけていたのだ。

「南条の話、お父さんには？」

秋奈は首を横に振った。

東京の郊外で独り暮らす父。寂しいだろうが、帰って来いとは一度も言わない。そして、これも口には出さないが、姉の生存にいまだ一縷の望みをつないでいる。

「もっと、真相がわかってから話します」

「うん……」

堀口はそれから、ずっと指環を見つめ続けた。

これだけか……。

春奈の死を証明するものは、これだけか！

堀口の心の声が、秋奈には聞こえるようだった。

ずいぶん経って、ようやく指環を秋奈に戻しながら、堀口がぽつりと言った。

「明け方、あいつに言ったんだ。化けて出て来いっ！　てさ」

堀口がひとり過ごした夜を思った。長い、冷たい夜を。

きっと、ずいぶん、お酒を呑んだのだろう。

秋奈は指環を右手の薬指にはめた。

死が確定した以上、堀口は早く姉のことを忘れて、新たなスタートを切るべきだと思った。

もう十分、誠意を尽くしたのだから。

以前、食事に招かれ、初めて堀口と会ったとき、姉の顔をまじまじと見た。

コノひとなの？　お姉ちゃん、このお芋ちゃま？

スマートさなど微塵もなく、かといってガテン系の男臭さも押しもない。ただ、愛嬌のある目と、次々と冗談をとばす明るさが、警察官僚に抱くイメージとはいささか異なっていた。

堀口が席を外したときに、からかい半分で姉に言った。

「でも、まっ、すごいじゃん。キャリアなんてさ。将来は警察庁長官とか、なるのかな」

「ダメだね」姉は腕を組んで、きっぱりと言った。「警察の内部にいるとわかる」

「どうして？」

「だって、あのひと――」姉の唇がニヤリと、めずらしく意地悪くめくれた。

「おっちょこちょいだもん！」

自分で言って姉が噴き出し、二人で腹を抱えて笑った。

お芋の上に、出世も見込めぬ公務員……。モテモテだった姉が、なぜそんな堀口を選んだのか。まさに世界の七不思議のひとつだと思った。

「酒、いいかな？」

堀口が、秋奈の顔をのぞき込んだ。

神経質に目を瞬かせる。素面《しらふ》でいるのがたまらないのだろう。

秋奈も呑みたくなった。強い、強いお酒が。

堀口が手を上げてボーイを呼び、ウォッカのボトルを注文した。


カフェテラスは正午を過ぎて混み始め、ほぼ満席となった。

堀口はショットグラスを満たして立て続けに呷った。

秋奈も呑んだが、まるで酔えない。

「それにしても、魚釣島って……」

堀口は半信半疑の表情で何度かつぶやき、その度に確かめるように秋奈の右手の指環を見る。

指環は南条の話が事実だという証明だ。

ウォッカも二本目のボトルになると、さすがにペースは落ちて、青かった堀口の顔にも、幾分生気が戻ってきた。

　グラスを舐めながら、堀口がムウ……と唸る。

『冊封使録・羅漢』ねえ……」

　眼球が、記憶を掘り起こそうとするように宙をさ迷う。

　秋奈は、来る途中の電車の中で、スマホで調べた知識を交えて、冊封使録について説明した。

「中国の皇帝が、琉球の王さまを属国の主とみなす、冊封って儀式があって、そのために派遣された使節が冊封使です。沖縄ではもっぱら〝サッポーシ〟って呼ばれてて、琉球の歴史では大きな存在だから、みんな、知ってます。で、その冊封使たちが明から清の三百年間にわたって、代々書き継いだ琉球の見聞録、それが冊封使録です」

「ふんふん……」

　堀口はうわの空で、相変わらず宙を見ながら、ひとり言みたいにつぶやく。

「南条の話からすると、冊封使録が原因で春奈たちは魚釣島に行った、そういうことだよなあ……」

「ええ……」

　秋奈も、いまは姉のことから、冊封使録の謎に頭を切り替えようと思った。

　堀口が、ひょいと秋奈に視線を戻した。

「冊封使録っていうのは、知ってのとおり、尖閣と関わりがある」

「は？　関わりって、どんな？」

「えっ、知らないの？　沖縄の新聞記者なのに？」

呆れたように目を丸くする。

「ええ……」

そりゃ、尖閣が沖縄県にあることくらいは、知ってますけど……。

「実は、中国が尖閣を自分の領土と主張している、その最大の根拠が冊封使録なんだ」

「へえー」

思わず、びっくりの声が出た。

「冊封使録の中にある、なんだっけな、いま思い出そうとしてたんだけどな。ともかく、その中にあるいくつかの記述が、明の時代から、尖閣が中国の領土だったという証拠だ、あの国はそう言い張ってんだ」

「またぁ〜、そんなの言いがかりでしょ？」

「ハハ。けど、以前は日本の学者の中にもこの説を支持する人がいて、大論争になった。そうそう、確か、この島から先は琉球でこっち側は明だとか、航海上のそんな記述があるんだよ。もちろん、日本の外務省は反論してるけどね」

そんなこと、初めて聞いた。

「中国が突然、尖閣を領土だと言い出したのは、一九七〇年代の初め、あの辺に石油が見つかってからだが、以来、頑強にそう言い続け、いまもこの主張を英訳して、ネットに載せて世界中にばら撒いてる。冊封使録は、尖閣問題の大きな焦点なのさ」

領土の線引きが、古文書の解釈なんかで決まってしまうものなのか、ずいぶんいい加減な、と秋奈は釈然としなかった。

「尖閣論争って、結局、文言の解釈ってこと?」

「もちろん、それがすべてじゃない。あの条約がどうだ、この発言がこうだと色々ある。けど、核心は、そもそも尖閣が明の領土だったのか否かってことだ。だから、仮に裁判になったら、冊封使録をどう読むかが大きな争点になる」

「ふーん……」

「まっ、日本や中国の言い分は、外務省のホームページに書いてあるから、記者なら一度、見ておくといいと思うよ、フン」

「記者なら……フン」で、念入りに小馬鹿にされた気がして、秋奈はさすがにムッとした。

「ともかく、まず『冊封使録・羅漢』を調べます」

思い切りキリッとした顔で答えてやった。

「でも、最大の問題は、姉がなんで魚釣島なんかに行かされたのか、その理由でしょ?」

「うん」

「警察で、それを探ることはできないの?」

「それは……、難しいな」

首が盛大に横に振られた。

「探ってはみる。けど、当該部局しか知らない秘密事項はいっぱいあるし、まして尖閣がらみなら、秘中の秘。中枢の人間しか知らないだろうし、口が裂けても漏らさんと思うよ」

まぁ、そうだろう。

「やっぱり、阿久津天馬って男を引っぱり出すしかないですよね」

「まずそこだな」

「あすにも阿久津の会社に電話します。南条さんに会ったと告げて、『羅漢』について知ってるって、カマかけて」

「うん」

「でも、それで阿久津がホイホイ出てくるかなあ……」

「当たって砕けろで行くしかないさ。他に手はないんだから」

「そう……」

秋奈は、グラスの酒を呑み干した。

＊

沖縄は本土よりひと足先に梅雨になる。きょうも、いつ降り出すかわからない、鉛色の曇天だ。

交差点に立って、秋奈は空を見上げた。

この陰鬱な雲が、いまの沖縄を覆っている怒りの幕のように感じられる。

米兵による、女子高生強姦殺害事件。

辺野古《へのこ》問題で政府との対立が先鋭化している折も折だ。事件から一か月以上経っても、燃え上がった反米、反政府の感情は、鎮まるどころかますます激化し、県庁裏手の県警本部は、いまだに群衆に包囲され、米軍施設や交番への投石や放火も後を絶たない。

信号が変わって、広い道路を渡った。沖縄県庁の巨大な建物が視野をふさぐ。

地元紙に勤める秋奈も、当然、この動きに翻弄されている。

けさは早くから、未明に発生した殺人事件について、那覇署の片隅で大急ぎで短い記事を書いた。雑木林で発見された身元不明の男の死体など、いまの沖縄ではどうでもいいニュースだ。これから県庁の記者クラブに顔を出し、そのあと車を飛ばして糸満《いとまん》市に行き、反米集会を取材する。

もっとも、これほど激烈な抗議の輪が、事件発生後、ただちに全県にひろがったかと言えば、実はそうではない。本土の左翼文化人が面白がって期待するほど、沖縄人は直線的には動かない。沖縄にだって様々な立場の人間がいるのだ。

県民の怒りの火に油を注ぎ、ついに大爆発させたのは、沖縄県警の対応だった。

事件発生の直後から、県警の幹部からマスコミに、奇妙な情報が流され続けた。

被害者の女子高生が、「水商売のアルバイト歴があり」「以前から米軍キャンプに頻繁に出入りし」「高校生らしからぬ高級ブランド時計を身につけ」等々、情報は、女子高生に、米兵相手に援助交際でもやりかねない、汚れたイメージをかぶせるものだった。

この〝県警情報〟を一部の全国紙がたれ流し、追随した週刊誌が大きく報じて、事件は身持ちの悪い女子高生が殺された〝B級事件〟の様相を帯びた。

形勢を逆転させたのは、秋奈の勤める沖縄新聞のライバル紙、琉球日報のスクープだった。

「琉日」は、「水商売のアルバイト歴」は、女子高生が去年の夏休みに二週間ほど手伝った、知人の喫茶店のウエートレスであると報じた。続いて、女子高生が「米軍キャンプに頻繁に出入りしていた」のは、基地内で開かれるチャリティーバザーのボランティアだったからであり、「高級ブランド時計」は、女子高生の亡き母の形見であったことなどを明らかにした。

記事は大きな反響を呼んだ。

県警幹部による恣意的な情報操作。

彼らはなぜ、被害者である女子高生に、ゆがんだイメージを塗りつけようとしたのか。

「琉日」はキャンペーンの最終日に、その理由を暴露する、超弩級のスクープを叩きつけた。

《県警の情報操作、警察庁が指示》

一面を真横に貫く大見出し。

秋奈も腰を抜かした。

しかもニュースソースは、県警の警務部参事官が、実名で行った内部告発だった。

「私は、ウチナーンチュ（沖縄人）です。警察庁は、沖縄の警官に、殺された沖縄の女の子を、ウソで汚して二度殺せと命じました」

紙面には、辞表を叩きつけた参事官の怒りの言葉が載っていた。

反米感情は反基地運動に直結する。事件発生の直後から、その高まりを危惧した警察庁は、女子高生のイメージをゆがめ、事件の〝B級化〟をはかることに腐心した。不良少女が被害者であれば、県民の怒りも〝B級〟にとどまるだろうという、姑息な小細工だ。県警の幹部たちには、県警本部長から直々に情報操作の命令が下されていた。

この事実は沖縄の怒りを、轟々《ごうごう》と吹き荒れる憤怒の嵐へと押し上げた。

この嵐がどこへ向かい、どう収拾されるのか、秋奈にはまるでわからない。わかっているのは、「口先番長」と揶揄される県知事、安里徹《あさととおる》では、事態の収拾はとうてい不可能ということ、そして、まだしばらくは、この取材で忙殺される日が続く、ということだけだ。

県庁の玄関に続く幅広の階段を駆け上がった。

南条優太郎を横浜に訪ねてから一週間以上が経つ。

阿久津天馬の会社に電話し、伝言を残したが、まだなんの連絡もない。

しかし、それ以上に……。

県庁のひろびろとした吹き抜けのロビーを歩きながら、秋奈はため息をついた。

あれから調べたが、全部で十二冊ある冊封使録の中に、「羅漢」と呼ばれるものはなく、そんな名前の作者もいなかったのだ。

南条は、確かに「冊封使録・羅漢」と言った。

どういうことなのか？

＊

密集する住宅地の真ん中に、ぽっかり開けた滑走路。明るい灰色に塗装されたオスプレイが、昆虫の群れのようにずらりと駐機している。

宜野湾《ぎのわん》市の嘉数《かかず》高台公園からは、米軍普天間基地が一望できる。とくに高台のてっぺんに建つ、濃いブルーの地球儀を模した展望台は、歴代の総理大臣が何人も訪れた、沖縄の皮肉な名所のひとつである。

その日の正午過ぎ、スーパーのレジ袋をさげた五人の老人が、嘉数公園に集まった。展望台の隅にある休憩所で酒盛りを楽しむのだ。

ベンチが三つあるが、老人たちは、いつもコンクリートの床にじかに車座になる。うっとうしい梅雨の晴れ間の好日だった。明るい五月の陽光が木々の緑に弾け、心地よい微風が頬を撫でる。ご相伴にあずかろうと、どこからともなく数匹のノラ猫が現れて、すました顔で老人たちの横に寝そべった。

老人たちの境遇は様々だが、共通点は猫好きで、酒好き。

真ん中に座った元左官業の平蔵爺が、泡盛の二リットル入り紙パックを開いた。目の前には持ち寄った島らっきょう、スパム缶、ゴーヤの薄切りが並ぶ。

みんなの紙コップに酒が注がれると、乾杯だ。ピリッと舌に刺激が来たあと、泡盛はなめらかに喉をすべり落ちていく。

昨夜、また交番が放火されたことやら、県知事の安里が口先だけの木偶《でく》の坊であることやら、話題はいつものように次々に飛ぶ。

平蔵爺がしょっぱいスパムの一切れを呑み込んだときだった。

遠くで雷のような音がした。

横にいた猫たちが、一斉に飛び上がり、脱兎のごとく走り去った。

なんだ?

空を見上げた平蔵爺の視野いっぱいに、灰色のヘリの腹が映った。

ものすごい低空。

落ちてくる！

恐怖で身をすくめた。

見れば両翼についたローターが、止まりかけた扇風機の羽根みたいに不規則に回っていた。

オスプレイだ！

と思う間もなく、機体は羽をもがれた虫のように、ぐるぐると頭を回転させ、上下にゆれながら飛び去った。

老人たちは一斉に立ち上がった。オスプレイが操縦不能に陥っているのは明らかだった。

「火だ！」

と、誰かが叫んだ。オスプレイの胴体の下部から、オレンジ色の炎と煙が噴き出している。

機体は回転しながら、嘉数公園の高台を越えて、空中を普天間の街の方に流れていく。

「お、墜ちる！」

老人たちは駆け出した。

「もっと、もっと、飛べ！」

腕を振り回して叫んだ。このままでは街中に墜ちる。

「海へ、海まで飛ぶんだ！」

オスプレイは、高度を急速に下げながら、ふらふらと、それでも懸命に海に向かっているようだ。

「もう少しだ！　頑張れ！」

その直後だった。灰色の機体は、力尽きたように、眼下の街に吸い込まれ、一拍おいて、叩きつけるような大音響が鼓膜をつんざいた。

赤い炎が視界に弾け、すぐに黒煙が盛り上がった。

「おおお、墜ちた！」

「大変だ！　街の中だ！」

全員が真っ青な顔を見合わせた。高台の柵をつかんで、たなびく黒煙を見続けた。

すぐにサイレンがあちこちから鳴り響いた。

老人たちは我に返って、墜落地点を見ようと高台のてっぺんを回るように走った。

その途中、平蔵爺の目の端に、ひとりの男の姿が映った。

長身の、肩にゴルフバッグのような、大きな荷物を担いだ男。

野球帽を目深にかぶって、高台の向こう正面の坂道を、足早に下りていく。平蔵爺は一瞬足を止めた。が、すぐに視線を戻して、仲間たちの後を追った。

平蔵爺が、自分がはからずも重要な目撃者となったと知ったのは、そのあと、ずいぶん経ってからのことだ。


オスプレイは、海際にある金型工場の屋根に激突し、爆発して炎上した。

爆風で工場は完全に吹き飛び、航空燃料が辺りに飛散、火炎放射器のような、猛烈な炎の塊が住民たちに襲いかかった。飛び散った無数の機体の破片は、熱い鉄つぶてとなって豪雨のように降り注いだ。

沖縄新聞の編集局に墜落の第一報がもたらされたのは、県警クラブの電話からだった。その瞬間、編集局は全員が総立ちになった。

「現場どこ！　どこだ！」

壁に貼られた地図に記者たちがわっと群がり、カメラマンが機材を担いで次々に飛び出ていく。デスクたちが電話に張りつき、怒声をまき散らしながら墜落場所を特定する。

「五丁目の信号？」

「郵便局ってどこの！」

ピーコピーコと共同通信のニュース速報がたて続けに鳴り響いた。

大変なことになった……。

騒然とした編集局の片隅で、秋奈は躰が慄え出すのを感じた。

「記者を全員社に揚げろ！」

「車、車、ありったけかき集めろ！」

「現場には三方向から突っ込め！」

デスクたちが口々に叫ぶ。

「上原、下地、知念、長嶺、波平は現場周辺北側、与那嶺《よなみね》、屋嘉《やか》、伊東、湧川は西側、仲間、福里、後藤、山本は南、行けるとこまで行ってくれ！」

「外間、佐藤は普天間中央病院！　平井は日赤！」

ホワイトボードに乱雑な字で記者の行き先が書き込まれていく。

秋奈は現場に南側から接近する配置だ。

ものも言わず駐車場に駆け下りて、カメラマンと社のジープで飛び出した。

前方をテレビ局の中継車が鬼のようなスピードで走行している。

最悪、という言葉が頭の中をぐるぐる回った。

あれほど危険が指摘されていたオスプレイの墜落。街中という場所。そして、女子高生事件の余波が続いている、このタイミング。

どれほどの犠牲者が出ているのだろう。

息が詰まる緊張で、胃が痛くなる。

現場周辺は、一キロ先から煙が漂い、ものが焦げる臭いが鼻をついた。渋滞を縫うようにジープを進め、現場に近づくと、黒煙の下方に真っ赤な炎が見えた。警官が拡声器で「近寄るな！」と叫ぶ。

規制線の内側に消防車が列をなして止まり、銀色の耐火服に身を固めた消防士たちが走り回っている。

消防士長を記者たちが囲んでいる。

「墜落地点から半径五〇メートル以上にわたって、高温の炎に覆われ、接近できない！」

消防士長は吐き出すように言った。

「どいてどいて！」

空気ボンベを背負った消防士の一団が脇を走り抜け、あっという間に彼方の炎の中に消えた。

携帯で取りあえず現場の様子を報告した。こんな大事故の現場は初めてだ。指が慄えて、何度も携帯を落としそうになった。

火勢は衰えをみせず、白い消火剤が無数の放物線を描き続ける。ヘリがバタバタと上空を舞う。見る間に報道陣の数が増え、同僚記者も続々と到着する。

主な取材拠点は、墜落現場の北側に設置されるらしい。そこに報道陣の大部隊が溜まっているという。

「秋奈は病院に回ってくれ。人手が足りない」

先輩に言われて、ジープに駆け戻った。

普天間中央病院の待合ロビーは、駆けつけた患者の親族と報道関係者でごったがえしていた。

「ヨウちゃーん！」

叫び声に視線を向けると、泣き崩れる女性の姿。秋奈は目をつぶった。心臓に斬りつけられるような痛みが走る。姉の死のあと、遺族という言葉が他人事ではなくなった。

「秋奈、秋奈」

先着していた同僚記者が手招きする。

「状況は？」

「ひどい……」

同僚は顔を左右に振った。

重傷患者は二階の集中治療室にいるという。二階に上がろうとする記者たちを、看護師たちが押し戻す。

ロビーの受付前に置かれたホワイトボードに、事務員が患者の状態を書き込んでいく。

氏名不詳・米兵（四十歳位）――全身熱傷―死亡

氏名不詳・米兵（二十代）――全身熱傷―死亡

ヘンリー・クロース・米兵（三十代）――脳挫滅―死亡
オスプレイの搭乗員とみられる米国人の名前が並ぶ。オスプレイはパイロットの他、十名の兵員を輸送中だったという。

秋奈は、あとに続く文字から目をそむけた。

氏名不詳・女児（四歳位）――全身熱傷―死亡
氏名不詳・男性（六十代）――全身熱傷―死亡
ヨコタ・ミスズ・女性（二十代）――全身熱傷―死亡……。

地上で巻き込まれた日本人だ。

記者たちがどっと動いた。

白衣を着た初老の医師に群がる。秋奈も駆け寄った。

「患者さんの半数以上が全身熱傷Ⅲ度です」

「Ⅲ度というのは？」記者たちが訊く。

「躯中の皮膚がほぼ死滅した状態のことです。火の温度がよほど高かったようで、ふつうは黄色い皮下脂肪が、熱のため真っ白に変色しています。血管が焼けただれ、輸血の血管を確保するのが難しい」

「生命が危険な患者が半分以上ということですか？」

「そうです」

医師の顔が沈痛にゆがんだ。

普天間中央病院では、収容された患者十二人のうち、九人がその日のうちに死亡した。米兵五人、日本人四人。

深夜二時過ぎ、本社の指示で病院から再び墜落現場の南面に戻った。すでに鎮火していたが、まだ焦げた臭いがたちこめている。

投光器が照らす中、銃を提げた米兵たちが張りめぐらされた規制線の内側に並んでいた。夜になって、米軍が現場を封鎖したのだ。

怒声が響いて目をやると、記者と消防士が真っ赤になって米兵に食ってかかっていた。白衣の医師も脇から英語で話しかけている。中に入れろと交渉しているようだ。現場には、まだ被災者がいるかもしれない。

米兵たちは無表情で黙殺している。

秋奈が病院にいる間、こんな言い合いや小競合いが、現場周辺のあちこちで繰りひろげられていたのだろう。

消防団員が泣きながらテープをゆすった。

米兵は無表情なままだ。

地位協定をたてに現場を封鎖する。それは二〇〇四年に、宜野湾市の沖縄国際大学に米軍ヘリが墜落したときと同じだった。

結局、この墜落事故で、オスプレイに搭乗していた米兵十二人とともに、地上で巻き込まれた日本人六人が死亡、十三人が負傷した。

せめてもの救いは、事故発生が正午過ぎで、墜落した金型工場の工員たちが出払っていたことだった。それでも、工場に隣接するアパートの二家族が犠牲になった。

女子高生事件で憤激の嵐に覆われていた最中の事故だ。県民の烈火の怒りは天を衝いた。

沖縄県議会は、臨時議会を開き、①オスプレイの飛行禁止、②普天間基地の使用停止、③辺野古基地の建設中止をただちに実現するよう、政府に迫った。

「どうせ政府は動かないさあ」

「これ以上、ヤマトの犠牲になるのは御免さあ」

県民感情は、もはや憤りを通り越して、アメリカと本土への決別の感情へと変質し始めた。

こうした声を受けて県議会は、「沖縄独立」の是非を問う県民投票の条例案を全会一致で可決し、「要求が実現されないときには、一か月後に投票を実施する」と宣言した。

それは背水の陣を敷いて基地の撤去を求める、沖縄の悲鳴に近い叫びだった。

県民投票の結果には法的拘束力はない。だが、万が一にも「独立支持」が過半数を超えれば、内外に与える衝撃と影響ははかりしれない。

＊

南国の濃い青空に、幾筋もの旗や幟《のぼり》が鮮やかにひらめいている。

沖縄での大きな集会は、たいてい、那覇の中心部から車で十五分ほどの所にある、宜野湾海浜公園で開かれる。

この日、海浜公園のひろびろとした多目的広場は、立錐の余地なく群衆で埋まっていた。

人波は周辺の道路、広場の向こうにあるモニュメント公園、さらにその先にあるコンサートホールの辺りまで続いて、ボリュームを最大に上げた拡声器のがなり声が、割れながら流れている。

時折、大きなどよめきが起きるのは、駆けつけた沖縄出身の有名人が、特設ステージに立つからだ。

秋奈は「沖縄新聞」の腕章をつけて、ステージ脇の報道関係者がぎっしり詰めた一角にいる。女子高生の殺害、情報操作、そしてオスプレイの墜落。初夏の明るい空の輝きに反して、会場には血が煮える怒りが渦巻いていた。

この日の県民集会の参加者は、主催者発表で十万人。だが秋奈の感覚では、群衆の数は、たぶん、それを上回る。

「本土復帰の日」。沖縄ではそう呼ばれる、五月十五日の返還記念日の前後には、毎年ここで平和行進などの政治集会が開かれる。

しかし、きょうの集会は様相が異なっていた。

いつもは大半を占める労働組合系の幟が影をひそめ、盛大に振られる旗や横断幕は、どれも奇抜な意匠が凝らされた手作りで、そのことは参加者のほとんどが、組織の〝動員〟ではなく、自らの意志でここに来たことを示していた。

民衆の巨大な怒りのエネルギー。

背筋にゾッと、恐怖に近い感覚が走った。

マグマのような地鳴りを響かせているこのエネルギーが、もし爆発すれば、天地がひっくり返るような大規模な地殻変動に発展する。特に、ここ沖縄においては……。

急に足もとがフラリとゆらいで、秋奈はとっさにそばの立木に手をかけた。朝から躰が熱っぽい。

風邪と疲労のダブルパンチだ。

オスプレイの墜落以来、連日の徹夜続き、社のソファーで横になれればいい方で、取材先の病院や県警本部の廊下で立ったまま眠っている。体重が三キロ落ちて、生理も来ない。このままでは、いずれどこかでぶっ倒れる。だが、いまは地元紙記者にとっては正念場だ。

きょう、ここで知事の安里がどういう声明を出すのか。会場の群衆だけでなく、テレビ中継を通して全国の目が注がれている。

オスプレイの飛行禁止と新基地の建設中止を断固として政府に迫るのか。あるいは、なお、のらりくらりと優柔不断なスタンスで、口先だけの抗議で終えるのか。

ポン！　と肩を叩かれて振り向くと、琉日の年配記者の浅黒い顔があった。例の、女子高生事件での県警の情報操作をスクープした張本人だ。

「お久しぶりです」

秋奈はにっこり微笑んだ。駆け出しの頃、社の違いを超えて、いろんなことを教えてくれた恩人なのだ。

「顔色がわるいぞ」

「いえ。大丈夫です」

「アレ……」

琉日の記者が、険しい目になって顎をしゃくった。

視線を向けると、知事の安里がいて、すぐ後ろに女性秘書の新垣礼子《あらがきれいこ》ら県職員が立っている。そして、さらにその数メートル後方に、屈強な男たちに囲まれて、濃いグレーの背広姿が見えた。俯きがちに目を伏せて立つ、痩身の中年男。

沖縄県警本部長だ。

「へえ……」驚いて振り返った。

「謝るって噂は、ホントってことですか？　きょう、ここに来るって知ってました？」

「いいや。俺もぶったまげた」

年配記者が肩をすくめた。

県警本部長は、警察庁の指示を受け、女子高生の歪曲情報を流すよう命じた張本人だ。群衆の中に放り出されたら、たちまち袋叩きにされる、沖縄県民の憎悪の的だ。

いまはただ更迭を待つだけのこの本部長が、群衆の前で直接謝罪したがっている。先日から、そんな奇妙な噂が県庁で流れていた。

「前代未聞の珍事になりますよ」

秋奈は首を傾げた。県警のトップが直接県民に頭を下げる、そんな光景見たことない。

「サツ庁が許したんですか？」

「まあ、どうせクビだからな。本人がヤルといえば止めようがない」

琉日の記者が顔をしかめた。

「へええ……。でも、そんな殊勝な人間かなあ、あの本部長……」

秋奈が記者仲間と話し込んでいる、ちょうどその頃、海浜公園の多目的広場から三〇〇メートルほど離れたリゾートホテル「シービュー沖縄」の屋上に、ひとりの男が現れた。

長身の、目つきの鋭いその男は、薄いグリーンの宅配業者のユニホームに身を包んでいる。

男は抱えていた段ボール箱を静かに床に置いた。縦五〇センチ、横三〇センチほどの、ありふれた段ボール箱。

黒革の手袋をはめた指が、箱の中から黒光りする金属の部品を取り出した。

手袋をはずして尻のポケットにしまい、三つに分断された部品を、慣れた手つきですばやく組み立てる。小さなドライバーでネジを留めると、銃身の長い狙撃用のライフル「HSプレシジョン」が現れた。

短めに切った特注のサイレンサーをキリキリと銃身にねじ込み、カチャリと遊底を引いて薬室に弾丸を送り込んだ。

男は、「HSプレシジョン」を片手に、眼下の多目的広場をゆっくりと見渡した。

無数の群衆の前に、横長の特設ステージが置かれ、その周りに、県の職員や報道関係者らが豆粒のように群れている。

距離は三五〇メートルとみた。指を立てて風向きを見る。微風が北西から南東に流れている。わずかな逆風だ。

膝をつき、屋上の低い壁から銃身を突き出してスコープをのぞき込んだ。

照準の中に、縁なし眼鏡に細面の顔が大きく映った。

県知事の安里徹だ。

スコープと銃身をピタリと合わせる「ゼロイン」調整は完璧だ。風さえなければ、五〇〇メートル先のスイカもぶち割ってみせる。

呼吸を止めて、引き金に指をかけた。

そのまま銃身をわずかに右に振った。

十字目盛の視界が、安里の後方を流れ、屈強な男たちに囲まれた、濃いグレーのスーツの男の顔で止まった。

込めた弾は、ロングレンジの弾頭が一発だけ。熱をもった銃身は狂いが出るから、冷えた状態で撃てる一発主義だ。

スコープの中の男は、俯きがちに立っている。

照準をのぞく男の目が冷酷に細まった。

指が引き金をしぼった。

発射。

一瞬にして、ダークスーツの男の姿が下方に消えた。

豆粒のような人間たちが、撃たれた男をワッと取り囲んで、すぐに渦を巻くように動きはじめた。

沖縄県警本部長射殺。

男は、愛器「ＨＳプレシジョン」を再びドライバー一本で解体すると、三分割して段ボール箱に放り込み、ガムテープで丁寧に蓋をとめた。

第二章

躰がすっぽりと藍色に包まれている。

海の中は無音だ。ドクン、ドクンと、自分の心臓の音だけが脳に響く。水深一〇メートルを過ぎて、秋奈はキックをやめた。ここからは真っ直ぐにナイフのように落ちていく。

呼吸機材を一切つけず、フィンとゴーグルだけで潜るフリーダイビング。皮膚と水が一体化し、海に溶けていく感覚になる。

海中の色が、深度とともに変化していく。淡い水色から鮮やかなブルー、藍色、そして紺色……。

海水は次第に黒色に近づき、太陽の光が完全に届かなくなる寸前に、グランブルーと呼ばれる青い闇が出現する。

透き通るような、限りなく黒に近い青。

無限の闇の一歩手前の、神秘の青。

まさに息を呑む美しさだ。

突然、深度五〇メートルにセットしたダイブアラームが鳴った。

グランブルーが見られるのは、ほんの一瞬だ。

秋奈は水中でターンし、上に向かって強くキックし始めた。

早くしないと、酸欠で意識を失う。

ざばりと浮上し、肺いっぱいに空気を吸い込んだ。

その、おいしいこと！

やもたてもたまらず、出勤前の早朝、風邪気味なのに海に来た。

なにかを払拭したいとき、秋奈は必ず海に潜る。沈黙の青の世界が、すべてを忘れさせてくれるからだ。

県警本部長の射殺から三日経つ。まだあの光景が目に灼《や》きついて離れない。

殺害の瞬間、秋奈の視線は、琉日の記者とともに、まさに本部長に注がれていた。銃声なんか、なにも聞こえなかった。ただ、まるで操り人形の糸がぷつりと切れたように、突然、本部長の躰が地面に崩れた。なにが起きたのか、わけがわからなかった。

「うあああ！」

ひとの叫び声がして、驚いた警備や報道関係者がどっと駆け寄った。続いて「撃たれた！」という怒声が響き渡った。

そのとたん、周囲の記者や職員たちが、自分も撃たれるのではないかと、蜘蛛の子を散らすように逃げ出した。

秋奈は男たちに突き飛ばされてよろめいた。呆然として、躰が動かなかった。

はっと我に返って目を見ひらくと、本部長の周りには、私服の警官たちが膝をつき、顔面蒼白となって拳銃を構えていた。

警官たちの隙間から、地面に横たわる本部長が見えた。

警官のひとりだろうか、背広姿の男が馬乗りになって懸命に心臓マッサージをほどこしていた。重ねた手が本部長の胸を押すたびに、後頭部からドクドクと黒い血が流れ出て、地面に広がった。

やがて、マッサージをしていた男が手を止め、警官たちを見上げて首を振った。

亡くなったのだ。

その瞬間、秋奈は息ができなくなった。

怖かった。正直、怖くてたまらなかった。

人が殺される光景を、初めて見た。それは、いままで取材で目撃者に聞いて回ったものとは全く違っていた。ただ立ちすくみ、唇の慄えだけがいつまでも止まらなかった。

あの日は眠れず、トイレにしゃがんで何度も吐いた。

いまでも、本部長の死に顔が見える。目を閉じていた。まるで眠っているかのように。

その後の調べで、犯人はリゾートホテルの屋上から狙撃したと判明した。三〇〇メートル以上の距離から、一発で頭部に命中させている。明らかに、高度な訓練を受けた、手練《てだ》れのスナイパーだ。警官たちがホテルに殺到したが、犯人は逃走した後だった。

政府は激怒した。県の治安トップの暗殺は、体制への真っ向からの挑戦だ。

犯人は何者で、なんのために更迭間際の本部長を撃ったのか。県警は極左過激派か地元の反政府団体の犯行との見方を強め、四百名の大がかりな態勢で、血眼で捜査している。

この事件について秋奈は、ひとつ、胸に燻《くすぶ》り続ける疑問がある。

狙撃犯はどうやって、あの日、あそこに県警本部長が現れると知ったのか。

噂はあった。だが、誰も信じちゃいなかった。自分はともかく、琉日の敏腕記者でさえ知らなかった。

でも、犯人は知っていた。

なぜ？

秋奈はフィンをはずして浜を歩いた。

朝日が、水面で黄金色に光っている。

深呼吸をして潮の香りを思い切り躰に入れた。

来てよかった、と思う。

海に潜って、ようやく少し気持ちが楽になった。呼吸を圧迫していたストレスが、わずかではあれ、ほぐれた気がする。

海中は静寂が支配する死の世界だ。そこから一気に生の世界に浮上する。だからいつも、生まれ変わった気分になれる。

沖縄の海は明るい。本土の海より、太陽の光がはるかに深く海中に届く。

いまの会社に入ったのは、この海に潜るためだった。そして長く暮らすうち、沖縄が大好きになった。ここからは離れられないと、つくづく思う。

沖縄県警察本部は、県庁のすぐ裏手にある。

女子高生事件の情報操作で、一時は怒りの群衆に包囲され、罵声とともに石や卵を投げつけられて、さんざんな状態だったが、県警本部長の暗殺の後、抗議の勢いは弱まった。沖縄県民の惻隠《そくいん》の情といえる。

沖縄県警が、「本部体制の臨時措置について」という記者会見を開いたのは、その日の午後だった。秋奈はいささか憮然とした面持ちで会見室に入った。

きょうは、めずらしく時間ができて、「羅漢」のことを調べるつもりだったのだ。それなのに、こんなしょーもない取材を押しつけられた。

女子高生事件で内部告発をした参事官は警務部の所属で、上司だった警務部長が責任を取って辞職しており、県警はトップもナンバー2も不在という異常事態となっている。

ほどなく、ブルーの制服を着た県警の幹部たちがゾロゾロと現れた。

銀髪短軀の刑事部長、布袋腹の生活安全部長、ザビエル禿げの交通部長、独楽《こま》ネズミみたいな広報課長……。いつものおっさんメンバーが次々と正面の椅子に着席……。

ええっ！

一瞬、秋奈は目が点になった。

真ん中に、堀口がいる。

広報課長がマイクを握って立ち上がった。

「えぇー、臨時の本部体制についてでありますが、新任の県警本部長につきましては、目下、人選を急いでいる段階であります。新本部長が来るまでは、本日着任致しました警務部長の堀口和夫が、その代理を兼任いたします」

「堀口です」

堀口が起立した。

はあ……。

秋奈は絶句した。

左遷なんてものじゃない。いまの場合、警務部長は火中の栗を拾う最悪の立場。新任の本部長の露払い。人心ひきしめの憎まれ役。あげくボロボロになって……。

堀口が、警察庁で決められているとおり、きっかり三〇度の角度でお辞儀をした。

顔を上げた堀口と目が合った。ほんの一瞬、〇・五秒、堀口が片頬を苦くゆがめた。


ひろびろとした空間に、コツコツと自分の靴音が反響する。平日の展示室はひと気なくガランとしていた。

県警の記者会見の後、秋奈はおもろ町にある県立博物館にやって来た。「冊封使録・羅漢」について、専門家であるここの学芸員に話を聞くためだ。あれからさらに冊封使録を調べたが、歴代の冊封使の正使（筆頭冊封使）はもちろん、副使の中にも、また、当時の琉球の史書の中にも、「羅漢」という人物は見当たらない。思いあまって南条の店に電話したが、いつも留守だ。

まばゆい深紅の着物をまとった琉装の貴婦人が、目の前に立っている。

着物は長衣という、深紅の絹に金糸の刺繍がほどこされた豪華なもので、大奥の姫のように裾を長く引きずっている。内側には、胴衣《どうじん》、下裳《かかん》と呼ばれる、白い薄絹の衣を身につけ、うなじの後ろで束ねた髪は、玉のついた一本の長いかんざしでまとめられている。

きれい……。

秋奈は、ガラスケースに入った、等身大の貴婦人の人形に見とれた。五百年前には、こんな衣装の女性たちが、首里城を闊歩していたのだ。

もっとも、こんな衣装、自分にはとても着られないだろうな、と思う。怒り肩だし、色黒だし……。

壮麗豪華な貴婦人にダブるように、苦く頬をゆがめた堀口の顔を思い出した。

会見室を出るとき、ちらりと見たら、堀口はムッと宙空を見つめていた。その物憂げな表情。ブルーの制服と里芋顔が相まって、しぼんだドラえもんみたいで、ついクスリと笑ってしまった。

「ダメだね。警察の内部にいるとわかる」

堀口の将来を、きっぱりと言い切った姉の見立ては、はやくも的中してしまった。

堀口が沖縄に来たということは、姉が魚釣島に行かされた理由を警察庁で探ることが不可能になった、ということだ。

ったく！

頼りなくも情けないが、傷心の堀口をこのまま放置するわけにもいかない。泡盛の古酒《くーすー》くらいご馳走して、元気づけてあげなくては。どこの店にしようかな。

なんとなく楽しくなって腕を組んだとき、

「山本さん？」

背後から声がした。

振り向くと、小太りの中年男性が立っている。まん丸顔に赤らんだ団子鼻、くたびれた灰色の背広にサンダルを履き、数冊の書物を抱えている。

瞬速で頭が「羅漢」に切り替わった。

照屋《てるや》というその学芸員に連れられて、「相談室」という札がかかった小部屋に入った。

学芸員は古びたノートを開くと、まず、冊封使録についてひと通り説明した。

冊封使録は一五三四年に来琉した、第十一代冊封正使・陳侃《ちんかん》が最初の作者とされている。それからおよそ三百年、十二冊が書き継がれた。

冊封使は一回に五百人近くが来琉したというから、彼らが行う冊封の儀式は、さぞ壮麗なものだったのだろう。

「しかし――」

学芸員は、言葉を切って首を傾げた。

「お尋ねの『羅漢』ですが、歴代の冊封使録の中に、『羅漢』というものはありません」

「ええ」

「冊封正使や副使、著名な従客の中にも、羅漢という名の人物は見当たりません。その他の下位の冊封使たちの中に、そのような名前の者がいたかどうかですが、手元の資料にはありませんでした」

うーん、と秋奈は顎に手を当てて考え込んだ。専門家に調べてもらえば、と思ったのだが、やはり、ない。

でも南条は、確かに「冊封使録・羅漢」と言った。どういうことなのか。

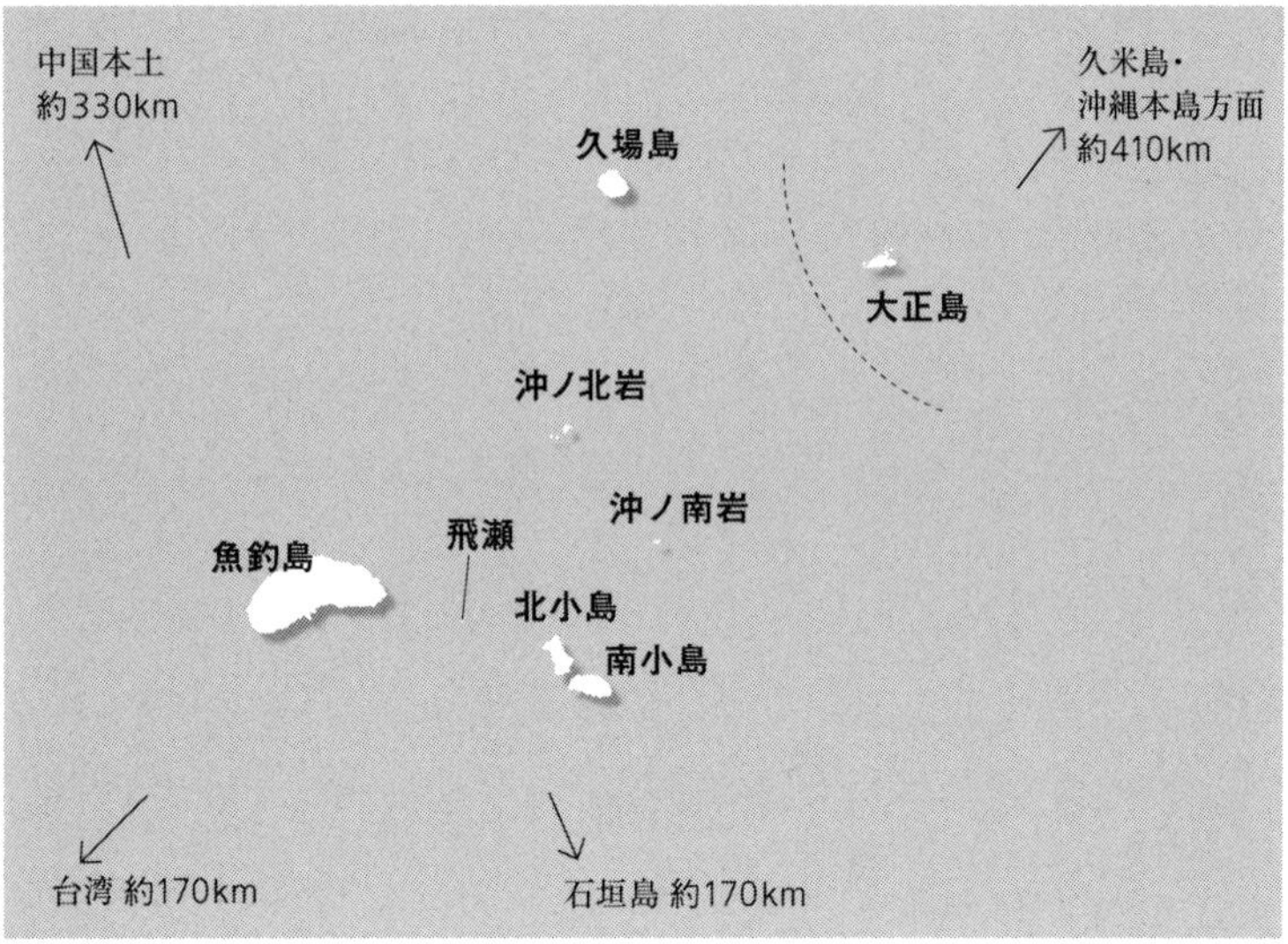

照屋学芸員の説明は、冊封使録と尖閣との関わりに移った。

「尖閣諸島について中国は、明の時代から中国の領土だったと主張しています。それを証明するために、さまざまな文献を持ち出し、その最大の柱となっているのが、冊封使録の中にある、いくつかの記述なんです。たとえば、航海上のこんな記述を挙げています」

学芸員は、指で資料をさした。

《中国の港を出て十日、船足は速く、魚釣島、久場島、大正島を瞬く間に過ぎた。十一日目に、久米島が見えた。これは琉球に属する島だ。冊封船で働いている琉球人たちは、故郷に帰り着いたと、小躍りして喜んだ（第十一代冊封使録）》

「これのどこが、領土の証明なんですか？」

照屋学芸員は、簡単な図を描いた。

「尖閣諸島は、ご承知のとおり、最も西、台湾寄りにある魚釣島から、北小島、南小島、久場島、そして最も東、沖縄寄りにある大正島まで、五つの島が東西に並んでいます。この記述は、沖縄の久米島が琉球の領土の西の端だったことを示している、だから船で働く琉球人たちは故郷に帰り着いたと喜んだのだ、したがって、それよりさらに西にある大正島以西の尖閣諸島は明の領土だった。中国はそう主張しているわけです」

「ふーん……」

「他にもこんな記述があります。

《魚釣島を過ぎ、大正島に着いた。大正島は琉球との境（界）の島だ（第十二代冊封使録）》

中国は〝界〟という言葉がはっきり記されているこの記述からも、尖閣諸島の最も東にある大正島が、中国と琉球の境界で、そこから西は中国の領土だった、と主張しているわけです」

「なるほど」

「さらにこんな記述もあります。

《酉の刻、魚釣島を過ぎた。幾ばくもなく大正島に至った。夕暮れ、郊《こう》を過ぎた。（中略）郊の意味は何か、と問うと、中外の界なり、と答えた（第十七代冊封使録）》

『郊』というのは潮目のことです。中国はこの記述からも、大正島と久米島との間にある潮目が、中国と外国、つまり琉球との境界だった、と主張しています」

「次々来ますねえ。それに対し、日本は？」

「日本は、これらの記述からは、確かに当時、久米島が琉球の西端の土地と認識されていたことは窺える。しかし、大正島以西の島が明の領土だったなどとは書いてない、と反論しています。大正島以西の海域は、どこの国にも属していない公海のようなものだったと見るべきで、したがってそこにある尖閣諸島は、どこの領土でもない無主地だった、と主張しています」

「へえ……。なんか、どっちもどっち」

「ハハハ」照屋学芸員があんパンみたいな顔で笑った。

「まあ、尖閣諸島を先に発見して地図に載せたのが中国であることは事実でしょう」

「はあ……」

「しかし問題は、これを先占権という原則に照らすとどうなるか、ということです」

「先占権って？」

「先占権というのは、〝いずれの国にも属していない無主地を、他の国に先んじて支配し、自国の領土とすること〟で、国際法上認められた権利です」

「はあ」

「日本が尖閣諸島を領土に組み入れたのは、明治二十八（一八九五）年です。そのときは人が住んだ痕跡がない無人島でした。以後、日本の事業者が魚釣島に移り住み、鰹節工場などを設立しました。魚釣島に工場のほか貯水施設、船着き場などを築き、六〇町歩を開墾し、一時は二百四十八人もの日本人が定住しました」

「つまり、日本が先に支配していた、と」

「そのとおりです。この開拓は一九四〇年まで続き、その間、中国はなんの抗議もしていない」

「ふんふん」

「領土だったと言うからには、単に名前をつけたり地図に載せたりするだけではダメで、そこで入植や治安維持活動などの統治行為が、実際に行われていたことを示さなくてはならない。

これが国際法の判例です。冊封使録など、中国が持ち出している文献には、それらの行為がなにも記されていない。したがって、明の領土だったとは言えず、日本の先占権は成立する、それが日本の主張です」

「ふーん」

「日本は、国際司法裁判所に中国が提訴すれば受けて立つと言っています。だが、中国はそうしようとしない」

「なぜです？　自信がないから？」

「そこが中国の狡猾なところです」照屋学芸員が指で鼻の頭をさすった。

「決着を急げば、七対三くらいの割合で中国に分が悪い。けれど、冊封使録などをたてに、『これが根拠だ』と言い続ければ、決着がつかないまま、領土問題を膠着化させることができる。尖閣周辺の開発を阻止できる。事実、あの海域はもう四十年以上も手つかずなわけで、この点では、日本は中国にやられちゃってると思います」

「うーん……」

と唸って、秋奈は腕を組んだ。

そうなのだ。領土問題の行方はともかく、尖閣論争は、もう四十数年も繰り返されてきた手垢のついた論争なのだ。いまさら冊封使録の記述が、姉たちの魚釣島上陸の原因という見方は、違うのではないか。

「でぇ〜」

照屋学芸員が語尾を引っぱって、少しもじもじしながら言った。

「まあ、学術的なお答えにはならないんですが、『羅漢』という言葉には、個人的に、ちょっと引っかかることがありましてね」

「というと?」

秋奈はぴくりと眉を上げた。

「記憶が曖昧なんですが、確か十年くらい前に、『琉球の王妃たち』という本が出ましてね。地元の歴史家が書いた私家版なんですが」

「『琉球の王妃たち』?」

「ええ。そこに羅漢という名の冊封使のことが書いてあったような……」

「ええッ!」

暗闇に、さっと一条の光明がさした気がした。

「その本はいまでも手に入りますか?」

「いやあー」学芸員は首を振った。

「十年も前の自費出版の本ですから。作者の名前も忘れてしまったし。まっ、古本屋にあるかどうかですが、ないでしょうねえ……」

「ありがとうございます! さっそく調べます!」

秋奈は、勢い込んで言った。

＊

沖縄県庁の正面の外壁には、五体のシーサーが並び、いかめしく県政を見守っている。

その県庁の四階。

応接室の重い扉が開いて、県知事の安里徹が姿を現した。

ひょろりとした長身に、気障な縁なし眼鏡。冴えない銀行員みたいな風貌だが、これで沖縄空手の有段者というから、ひとは見かけによらない。歳はまだ四十代半ば、異例の若き県知事だ。

堀口和夫は、即座に立ち上がった。

立ちながら、心の中で舌打ちした。知事には「くれぐれも内密の話です」と念を押した。にもかかわらず、後ろには、牛乳瓶の底のような、分厚いレンズの眼鏡をかけた女が従っている。女性秘書の新垣礼子だ。頰紅が異様に赤い。

きのうの深夜、警察庁警備局から受けたマル秘連絡に堀口は青ざめた。

超重大事案。着任して数日、いきなりぶち当たった障壁に、緊張が墨のようにひろがった。

「どうぞ」

安里が微笑し、手振りで着席をすすめた。

「後任の県警本部長は、まだ決まりませんか？」

「ええ。人選に若干手間取っておりまして。来週中にはご報告できるかと思いますが」

堀口は腰を下ろしながら答えた。本部長が赴任するまで、ナンバー2の警務部長が、知事との窓口役を務めなくてはならない。

安里の評判は、県警の誰に訊いても「ありゃ、口先番長ですわ」「県財界のお稚児ですぅ」

ときわめて芳しくない。先日、着任の挨拶をしたときの応対は丁寧で、印象は悪くなかったが……。

「で、話というのは？」

安里が細い眉を上げた。

「ええ。まだ途中経過の段階ですが、実は、オスプレイの件で」

「ほう、オスプレイがどうかしましたか？」

「機体の検証の結果、撃墜された可能性がある。アメリカがそう言ってきました。もちろん、非公式に、ですが」

「撃墜……」

一瞬にして、安里の顔色が変わった。

アメリカ国防総省から外務省に入った報告によれば、墜落したオスプレイの残骸を調べていた米軍の事故調査委は、ほぼ間違いないとの結論に達したという。

飛行中のオスプレイを撃墜したとすれば、高度な軍事訓練を受けた外国の武装集団以外考えられない。警察庁はけさ、警視庁公安部の刑事十人を那覇に派遣、沖縄県警の外事課とともに、極秘の捜査に入るよう指示してきた。当面、中国と北朝鮮の工作員の動きを探ることになる。

アメリカは、検証完了までは機密とするよう、強く要請してきている。警察庁も、犯行に及んだ武装集団の正体をつかむまで、厳重に保秘する方針だ。

〈とりあえず、知事の耳にだけは入れておけ、絶対保秘を条件に〉それが警察庁の指示だった。

安里は怒りと動揺からか、しばらく唇を慄わせていたが、ようやく気を取り直したのか、まじまじと堀口を見つめ、意外な言葉を口にした。

「本当ですか？」

「は？」

知事の瞳には、一転、濃い猜疑の色がにじんでいる。

「まさか、墜落をごまかそうってことじゃないでしょうね。あなた方得意の、県民の怒りをそらす情報操作」

「とんでもない」堀口は大慌てで、顔の前で手を振った。

「こんな重大事案で、ウソなんか……」

「ほほう、女子高生事件は重大事案じゃなかった、ってことですか？」

安里自身ももちろん沖縄人だ。女子高生事件の情報操作に怒り心頭なのだろう。さっきまでの柔和な表情が消えて、目がすわっている。

「いや、その……」

堀口は言葉に詰まった。

「だいたい、飛行中のオスプレイを、ハトみたいに撃ち落とせるものなんですか？」

安里が眉根に皺を寄せて、指で縁なし眼鏡を押し上げた。

この知事さん、元来、神経質で気難しいタチなのだろう。

「はい。たぶん、追尾装置をつけた地対空ミサイルが使われたのだろうと。携行できる一メートルくらいの長さのものがありまして」

「うーん。事実とすれば……」

安里が目をそらして黙り込んだ。

「ええ、犯人は、基地反対派の住民なんかじゃないということです」

とたんに、安里がギッと怒りの目を向けた。

「当然でしょう。沖縄県民にテロリストなんかいませんよ」

「あ、いや……」

「そもそも基地反対は一部の人間ではなく、全県の主張です。そこを誤解なきように」

「は、はい……」

手で額の汗を拭った。

「で、犯人の目星はついているんですか？」

「断定はできませんが、外国の武装集団の疑いがあります」

「外国というと？」

「北朝鮮、もしくは――」

危うく言葉を呑み込んだ。つい口が滑ってしまった。

「中国ですか？」

安里がたたみかけてきた。

あわわ、またまた非常にマズい。

「いえいえ」首を振って懸命に打ち消した。

「まだ見当がつきません。ただ、あの高度で飛行中のオスプレイを撃ち落とすのは、よほど高いレベルの軍事訓練を受けた者に限られると」

「フン！」

安里が冷ややかに鼻を鳴らした。当たり前じゃないか、と顔に書いてある。

「で、今後、我われにどうしろというんです？」

「ご相談はそこですが」

堀口は身を乗り出した。

「本庁とも協議しましたが、当面はお含みおきの上、機密にしていただきたいと。アメリカもあくまで調査中の中間報告、ということでして」

「そうですね。そうしましょう」

公表を主張するかと思ったが、あっさりうなずかれて拍子抜けした。

「公表すれば、尾ヒレがついて大問題に発展する。なにより、県民は、また情報操作、と必ず思う。あなた方得意の」

しつこい人だ、とさすがにカチンときた。神経質な上に粘着質。これでは嫌われるはずだ。

安里がポンと椅子の肘掛けを打った。

「わっかりました。話というのはそれだけですか？」

「あ、はい」

「……」

安里がむっつり俯いて、爪をいじり始めた。早く出てけ、と言わんばかりだ。

嫌な男だ。

その横で秘書の新垣礼子が、なにがおかしいのか、突然、薄っすらと不気味に笑った。

これまた、嫌な女……。

堀口は早々に立ち上がった。


同じ頃、秋奈はあたふたと社の階段を駆け上がり、三階にある大会議室のドアを開けた。

会議はすでに始まっていて、席はぎっしり埋まっている。後ろのドアからソロリと忍び込むと、ホワイトボードの前のデスクが、ジロッとにらんだ。

あすから官房長官以下、政府高官が来沖し、オスプレイ墜落後の対応について、県知事たちと話し合う。会議はその取材態勢、記者とカメラマンの配置を決めるものだ。

話し合いの焦点は、県側が出している三つの条件、①オスプレイの飛行禁止、②普天間基地の使用停止、③辺野古基地の建設中止、を政府がのむか、のまないかだ。拒否してものんでも、大ニュースになる。

「秋奈！」

会議が終わって、部屋を出ようとすると、背後から胴間声が追ってきた。

デスクの宮里だ。報道部の遊軍班をまとめている、秋奈の直属の上司である。顔も躰も猪のようで、見た目どおりの突進型、押しも強いがアクも強い。

「はい……」

「お前、今晩、あいてるか？」

「ええと……、どうだったかな」

適当な口実が思い浮かばず、思い切り言葉をにごした。

「防衛事務次官の堂本が、ひと足先に沖縄入りして、今夜、地元部隊の幹部と呑む。東京支社の情報だ」

デスクは人差し指を唇に当て、大仰に秘密を示した。

「はあ」

嫌な流れだ。

「場所は、料亭『王宮』。張り込んで、堂本が出てきたところを直撃し、あすの会議の感触を探る」

「それに、わたしが？」

指で自分を指した。

「もちろん、俺も行く」

宮里が力強くうなずいた。

ああー、くだらないッ！　と、声を上げたくなった。

そんなところで、次官がなにか言うわけないじゃん！

おまけに宮里と二人で車の中。煙草の煙と体臭と、養毛トニックの匂いに耐えなければならない。

目を伏せて、ぼそっと答えた。

「了解、です」

＊

那覇の中心部にある「辻」の一角。

戦前まで、沖縄で一、二を争うといわれた超高級料亭「王宮」が、赤瓦に白壁という、いにしえの外観そのままに、元の場所に再建されたのは、一昨年のことだ。

調度品はもちろん、柱や梁の一本一本にまで古琉球の意匠が用いられ、選び抜かれた美妓たちが客をもてなす。中でも琉装に身を包んだ女将の美しさは、見る者を吸い寄せるという。それがわずか二年で「王宮」が那覇政財界の夜の応接室と呼ばれるほどになった主な理由だ。もちろん、料金は高い、しかも一晩に一組しか客を入れない。

午後九時を過ぎた頃、「王宮」の北側の路地に、濃紺の４ＷＤ車が現れた。

トヨタＲＡＶ４。

ローンで買った秋奈の愛車だ。二十九歳、男ナシ。この車が恋人で、レオナルド・ディカプリオ様にちなんで、密かに「レオ」と名づけている。

秋奈は首を後方にひねり、レオを路肩いっぱいに止めてサイドブレーキを引いた。

「へへへ、他社はいねえな」

後部座席の宮里が、キョロキョロ辺りを見回した。

「よーし、必ず堂本をつかまえるぞォ」

バシバシと手のひらを拳で叩く。

秋奈はレオのハンドルに両腕をもたせてため息をついた。

羅漢のことが書かれているという「琉球の王妃たち」のことで頭がいっぱいだ。

ここに来る前にも古本屋をめぐったが、見つからなかった。国会図書館にもない。

「ほれ。今夜の堂本のお相手だ」

後部座席から宮里の手が伸びてきた。指先に挟まれた写真を受け取り、ルームライトをつけて眺めた。

濃紺の制服を着た中年男が写っている。目が針のように鋭く、頬のそげた、いかにも切れ者の風貌だ。

「香山要一《こうやまかなめ》佐。第十五旅団の副旅団長だ」

「ひとりですか？　旅団長は？」

チラッと後ろを振り返った。

「いねえ。香山は知る人ぞ知る堂本の直系だ。毎回、旅団長をすっ飛ばして差しで呑む。香山はもう七年も那覇にいる、部隊の主だ」

「へえ〜」

七年もの在任は、幹部自衛官としては異例の長さだ。次官の後ろ盾があってのことにちがいない。堂本自身もすでに事務次官在任四年という異例の長期政権で、「防衛省の天皇」と呼ばれる存在だ。もっとも、堂本次官の評判は沖縄では最悪だ。

〝騒げばカネが出る、それが沖縄のメンタリティーだ〟

〝米兵が女にちょっかい出した程度のことで、毎度毎度大騒ぎになるんじゃ、日本の防衛は覚束ない〟

堂本が陰に陽に放つこうした発言は、沖縄人の血圧を押し上げる。それでもたいした騒ぎにならないのは、堂本には民自党防衛族の強力なバックアップがあるからだという。加えて、東京のマスコミは沖縄の感情には鈍感だ。

「香山の顔は覚えておけ。今後のためにな」

うへっ、と気づかれないように顔をしかめた。宮里は最近、秋奈に地元部隊を取材させたがっている。「自衛官は女に弱い」というのがその理由だから、なんのかんのと口実を作って逃げている。

「そういやー、秋奈、知ってっか？」

妙に含みのある声がした。

「松井の野郎、こんど与党キャップだとさ。あの野郎……」

宮里に答えず、秋奈は黙った。

松井彰。三年前まで沖縄にいた全国紙の記者だ。スリムな長身を仕立てのいい背広で包み、県庁だけでなく、得意の英語力で米軍にも食い込んで、基地問題のスクープを連発した。

苦い思いが肺腑を満たす。

松井は、かつて秋奈が付き合っていた男だ。

政府を手厳しく叩いた県版の連載。駆け出しの秋奈は、切れ味のいい文章を惚れ惚れと読んだ。

その松井が、今度は東京の政治部で権力の懐に潜り込むという。

沖縄を踏み台にしやがって――。

同僚たちや宮里の口ぶりには、大新聞のエリートへのやっかみもにじむ。だけど、それだけじゃない。

松井は利口だった。常に社の論調からそれないように記事を書く。はずれる事実は黙殺する。付き合ううちに、そのことに気づき始めた。

そんなことを言ったら、朝日だって共同だって、そんな記者はごろごろいる。

でも、松井はその割り切り方が、極端だった。社論の締めつけが厳しい社とは聞いていたが、そうすることに迷いがなかった。

沖縄新聞はよく〝左翼新聞〟と攻撃される。だが、秋奈自身の経験で言えば、入社以来、社論と違うという理由で記事を曲げられたり咎められたりしたことは一度もない。やっぱり事実は事実として、ありのままに書く。それが最低限の記者のモラルだと秋奈は思う。

転勤が決まったとき、松井は、東京に来い、とは言わなかった。たぶん、言われても行かなかった。そう思う。

松井のことを振り切ろうと目を上げれば、闇にうずくまるように、「王宮」の赤瓦の屋根が見える。

一席、十数万円はするという超高級料亭。薄給の地方紙社員の自分には一生縁がなさそうだ。プラ容器に入った冷めたコーヒーをすすり込んだ。

不意に物憂げな堀口の顔が浮かんだ。

男たちの人生もさまざまだ。

「来たぞ！」

宮里が鋭く言って、煙草をコーヒーのプラ容器に投げ込んだ。

植え込みが黒々とした陰をつくる庭園のはるか向こう、「王宮」の車寄せの辺りが、ぼんやりと明るくなっている。

「はい！」

秋奈は運転席のドアを開けて飛び出した。

薄灯りに浮かぶ太った影。堂本にちがいない。カンカンと靴音を響かせて、庭の敷石の上を走った。ドタドタと宮里の足音がついてくる。

「次官！　沖縄新聞です。あすの会議、県の要求について、ひと言お願いします！」

大きな声を上げながら、堂本の前に躍り出た。堂本が不快そうに眉を寄せた。

「お願いします！」

堂本が肉の盛り上がった顔をそむけ、犬でも追い払うように手を振った。

「困ります！」

堂本の背後から、凛とした声が響いた。

目を向けて、秋奈ははっとなった。

金糸の刺繡がほどこされた、白い長衣を着た芸妓が、鋭く秋奈を見すえていた。

博物館で見た、琉装の貴婦人そのままの壮麗ないでたち。すらりと伸びた立ち姿。ほのかな灯りに照らされたその顔は、息を呑むほど美しかった。

黒々と光る大きな瞳が顔の半分くらいを占めているが、目尻の端がわずかに切れ上がって、少年のような凛々しさを感じさせる。白粉が塗られた顔は上品な細面で、形の良い唇には濃い紅が引かれ、なまめかしく光っている。髪は長いかんざしでうなじの後ろでまとめられ、まるで古琉球の王妃が時代を超えて、そこに立っているようだ。

芸妓の瞳が咎めるように強く光り、紅い唇が毅然と引き結ばれた。

秋奈は気圧《けお》されて後ずさった。

すぐに黒塗りの車が滑り込んで、堂本がすばやく乗り込んだ。

「女将、またな」

野太い声に、芸妓は丁寧に頭を下げて見送った。そして、ちらりと秋奈を一瞥し、すぐに「王宮」の中に消えた。


二時間後。

「王宮」は灯を落とし、門を閉ざして、黒々と闇に沈んでいる。

離れの、黒光りする廊下を進んだ突き当たりの部屋から、絶え入るような女の声が漏れている。

淡い光に照らされた、まっ白な女将の肢体。

その前に、第十五旅団の副旅団長、香山要が、むき出しの尻を寝具につけて座っている。

女の細い両腿は、香山の下腹の上で惜しげもなく拡げられ、躰が深々とつながっている。

「オキタキ……」

香山の口から呻くような声が漏れた。

女将のことをオキタキと呼ぶ。二人だけの秘密の呼称だ。

オキタキは喘ぎを止めて、薄く目を開けた。

香山の引き締まった鋭角的な顔が、いまは喜悦に弛んでいる。

両腕を二匹の蛇のように筋張った男の首に絡みつけた。肩先に彫られた濃紺の龍の刺青が妖しく蠢く。

オキタキは香山の耳元に唇を寄せて、いつもの言葉を囁いた。

「あなたが王になる。この琉球の王になる」

「ああ、俺が王になる。琉球の王になる」

香山がうわ言のように繰り返した。

子宮の中で、男の肉がぐっと嵩を増した。

琉球の王になる。

その言葉は、常に香山の興奮を異様なまでに高め、全身を上気させる。

オキタキは大きな瞳を挑むように光らせ、激しく腰を振り始めた。

＊

「王宮」で犬のように追っ払われた翌々日の夜、堀口から電話があって、秋奈は那覇の中心部から少し離れた姫百合《ひめゆり》橋の居酒屋に案内した。ささやかな歓迎会を開きましょうと留守電に吹き込んでおいたのだ。

店内は民家風のどっしりした造りなのだが、なぜか天井の梁から、大小様々な魚の剥製が吊り下げられている。カウンターに腰を下ろした堀口が薄気味悪そうに見回す。

「ごめんなさい、変な店で。県警やマスコミのオジさんたちが絶対来ない所って、ここしか思いつかなくて」

「いやいや、ユニークな……。それより、異動のこと、連絡できなくてごめんね。なにしろ急な内示だったから……」

堀口がちょっと苦しげに言った。

「ううん」

秋奈は首を振った。

オスプレイの墜落と本部長の殺害による大混乱で、堀口も多忙なのだろう、指定された時間は夜の十時だった。

「まっ、せっかく沖縄に来たわけだから、まずはこれでも――」

秋奈は持ち込んだ泡盛の古酒を、堀口のグラスに思い切りなみなみと注いだ。店のオーナーはダイビング仲間で、持ち込みを大目に見てくれるのだ。それから自分のグラスにも酒を注いで目の高さに挙げ、大きく声を出した。

「めんそーれ！　沖縄！」

「いや、どーも」

堀口もグラスを挙げたが、やっぱり浮かない表情だ。

「めんそーれって、ようこそのこと？　空港の出口にデカデカと幕があった」

「そう、いらっしゃいませとか」

可哀相に、都落ちの目には、歓迎の横断幕も空々しく映ったらしい。

だが、二十年物の泡盛を口に含むと、堀口の目玉がまん丸に見ひらかれた。

「アキちゃん、これはすごい酒だ！」

「でしょう？」

してやったりと、にんまりした。

その鼻腔を抜けるさわやかな香り、滑らかな口当たり。初めて古酒を呑んだ者は必ず唸る。

「沖縄も悪い所じゃないですよ」

「そーだろね。妹がロクに学校にも行かず、沖縄にへばりついて素潜り三昧、海女ちゃんになる気かしらって、心配していた姉がいた」

「ハハ。その人、恋人が金槌だって嘆いてもいた」

「ああ、沈むのは、得意だ」

確かに……。

春奈の顔が浮かんで、二人はしんみりとなった。

「ところで、安里知事って、どんなひと？」

堀口が古酒を嚙むように呑んで言った。

「県知事ねえ……。うーん、はっきり言って、評判は最悪です」

「県警でも、みんながみんな、〝口先番長〟とか、〝財界のお稚児〟とかって。どうして？」

なるほど。急に電話を寄こしたのは、その辺の事情を探るためだったんだな、と合点がいった。

「那覇で小さな法律事務所を開いていた安里徹を、一躍有名にしたのは、『沖縄トンデモ相談室』っていう、地元局の番組です」

秋奈は安里について説明を始めた。

身の上相談のコメンテーターとして出演した安里は、スタジオで沖縄空手の瓦割りやヌンチャク、棒術などの妙技を披露し、弁護士らしからぬ弁護士として人気者になった。三年前、人望厚かった前の知事が任期半ばで病に倒れ、後継選びがごたついた際に、安里は立候補した。那覇生まれ、母子家庭で苦学、琉球大卒、弁護士、ローカルテレビの人気者といった、地元色いっぱいの経歴を武器に、基地反対をかかげ、まさかの当選を果たした。

「ところが――」

秋奈はつい鼻に皺を寄せた。

「知事になったとたん、県財界にすり寄って、実務は県職員に丸投げで、とんだバカ殿になっちゃいました」

「なるほど」

「特にみんなを失望させたのは、やっぱ辺野古への取り組みです。世論調査で、県民の八〇パーセントがノーを言ってる問題ですよ。前の知事は基地は造らせないって、あんなに頑張っていたのに……」

「安里はダメ？」

「まったく……」秋奈はため息をついた。

「あれほど烈《はげ》しく基地反対をかかげていたのに、当選後はまるで無策。安里がなーんにもしないから建設工事が、どんどん進んじゃってる」

「それで口先番長か」

「そう」

「なんでなにもしないんだ」

堀口が泡盛をがぶりと呑んだ。秋奈も舐める。

「一説には、安里は、地元の沖縄石油とつるんで那覇の沿岸に巨大な石油備蓄基地を造りたがってて、そのカネを国から引き出すために、辺野古の阻止に消極的なんだって。実際、すでにかなりの資金を貯め込んだって話です」

「石油基地ねぇ」

「そんなもん、だーれも欲しがってなくて、なーにやってんだかって、県民はもう呆れてますね」

「県庁の部下とかの評判はどうなの？」

「大事なときほど知事室に引きこもるって、職員の評判はさんざん。中でも特に県警が嫌がってて、安里の方も警察が大嫌いみたい。もともと反権力を標榜していた弁護士ですから」

「なーるほど、それでか……」

「それでかって、まさか、さっそくイジメられたの？」

堀口の顔をのぞき込んだ。

「まあね、ちょいとネチネチやられた」

堀口が不快げに唇をゆがめた。

フフフ。秋奈は声に出さずに笑った。さっそく、安里の洗礼を受けてしまったというわけだ。

「それ、あんまり気にすることないですよ。堀口さんだけじゃないから。前の本部長とも警務部長ともガチンコで、それはもう、天敵みたいに険悪だったから」

「そうか」

堀口の顔にパッと安堵の色が浮かんだ。

「安里の女秘書も不気味だねえ。あの牛乳瓶の底みたいな眼鏡の」

安心したのか、堀口は、堰を切ったようにがぶがぶと泡盛を呑み始める。グラスを呑み干し、手酌で注ぐ。

「ああ、新垣礼子さん。ものすごーく無口な人で、県庁の職員でさえ声聞いたことないそうです」

「嫌な笑い方するんだよね。ニタ～ッてさ、ひとを小バカにしたみたいに」

「安里の弁護士時代からの秘書なんです。オジさんたちは嫌ってるけど、女性の眼でよく見ると、あのひとスタイルはいいし、肌はきれいだし、眼鏡を取れば、結構美人かも」

「な～にが美人かもだ。こっちがイジメられてるのに、それ見てニタ～だ。最低の性格だ」

堀口は、ため息まじりに泡盛を呷る。

「まあまあ」

まっ、県知事が沖縄の第一印象をぶち壊してくれたことだけは間違いない。

「ところで、『冊封使録・羅漢』のことなんですけど」

秋奈は照屋学芸員の話を伝えた。

同じ頃、那覇市の南東部、南風原《はえばる》にある鉄筋三階建てのビルの脇に、一台のワンボックスカーが止まった。

車は闇に溶け込むように、すぐにすべてのライトを消した。

ビルの側面には、「福州興業」という看板がかかげられ、夜の十一時を回ったいまも、いくつかの窓が明るい。

福州興業は、沖縄産の果物を中国本土に輸出する商社だが、それは偽りの姿だ。ここの社長・陸栄生《りくえいせい》が、中国最大の情報機関、国家安全部の工作指揮官だということは、警視庁公安部と沖縄県警外事課が、すでに去年の夏からつかんでいる。

ビルの脇に横づけされたワンボックスカーには、一昨日沖縄入りした、警視庁公安部の刑事四人が乗り込み、高感度のデジタルカメラで福州興業の人の出入りをつぶさに記録する。この車両の他にも、三台のバンや軽トラが近くに待機し、必要に応じて尾行もできる態勢を整えている。

狙いは陸栄生。

この大物工作員が、オスプレイ撃墜に関わったかどうかを探る、それが、公安刑事たちに課せられた使命だった。

*

在沖米軍の司令部があるキャンプ・コートニーのゲート前に、赤いフォードが停止したのは、秋奈と堀口が泡盛の杯を交わし、公安刑事たちが陸栄生の監視を始めてから三日後のことだった。

運転席のウインドウを半分まで下げ、キャサリン・バーネットはＩＤを突き出した。

腰に拳銃をさげた日本人の警備員が受けとる。

大丈夫……。

キャサリンは不安を打ち消すように、口の中でつぶやいた。

彼らは、海兵隊の中佐夫人である自分を引き止めたりはしない。まして車内をのぞき込んだりなんて、絶対にしない……。

「どうぞ」

警備員が丁重な手つきでＩＤを返した。バーが上がり、キャサリンはアクセルを踏み込んだ。きれいに刈りこまれた芝生が視界を流れる。キャンプの敷地は広大で、ゲートから官舎まで、車でも五分はかかる。

司令部の建物を過ぎ、倉庫が並ぶスペースに入った。

「もう、大丈夫よ」

ルームミラーを見ながら、後部座席に声をかけた。床に伏せていた大きな野獣が、むっくりと起き上がった。

ウフフ、可愛いケダモノ……。

微笑み、ルームミラーでこんどは自分の顔を見た。

プラチナブロンドに染めた豊かな髪。輝く海を想わせる、透き通ったブルーアイ。突き出たバスト。唇には、濡れるような濃いルージュを引いた。

四十三歳とは思えない、魅力的な女がそこにいる。

まだまだ大丈夫。キャサリンは鏡の中の自分に満足した。

夫は一昨日から遠征に出ている。戻るのは来週末。それまで、きょう連れ込んだ可愛い野獣と、思い切りセックスを愉しむ。

一晩中、獣のソレを腿の間に挟み込み、乳首を吸わせ、耳たぶを舐めさせ、固い筋肉の感触を味わいながら、とろりとした唾液をすする。

考えただけで、躰の芯が疼き始める。

ルームミラーの中で、獣が、細い目をさらに針のように細めて、キャサリンを見ている。

「ワインが冷えてるわ。あと三分の辛抱よ」

歌うように言うと、獣が低く答えた。

「ワインはいらない。すぐにベッドだ」

力強く押し倒されるシーンが瞼に浮かんで、キャサリンのそこがどっと潤んだ。


男は、寝室のクローゼットの扉を開けた。

背広やゴルフウエアをかき分ける手間は不要だった。目的の服は、目の前にぶら下がっていた。薄茶色の米軍の制服。バーネット中佐の身長は自分とほぼ同じ。胴まわりがやや大きいが、縫いつけて縮めることは造作もない。同色のキャップも棚の隅にきちんと置かれていた。

男は、ベッドの上に、制服とキャップ、アンダーシャツ、ソックス、ベルトを丁寧に並べた。

これでキャンプ内を移動できる。

ちらりと目を上げて、もうひとつのベッドを見た。人型にふくらんだ毛布の中には、頸骨を折られたキャサリン・バーネットの死体が包まれている。

クローゼットを出ると、男はキッチンに入り、棚から数個の缶詰をつかみ出して、ミネラルウォーターの2リットルペットボトルとともにボストンバッグに放り込んだ。


翌朝、男はキャンプ内の広場から四〇〇メートル離れた、給水塔の上にいた。

眼下の広場に、数十人の米兵が整列している。いずれも大尉以上の将校で、彼らの目が注がれているのは、お立ち台の上でスピーチする、小太りの准将だ。参加者がいずれも一等軍装に身を固めているのは、本国に帰還する、この准将の送別式だからだ。

昨夜、バーネット中佐の官舎を出て、十時間以上、鉄塔脇のコンクリートの壁際にうずくまって、このときを待っていた。

傍らには、もちろん、愛器「ＨＳプレシジョン」。

薬室には、すでに弾丸が一発送り込まれている。

男は、目を上げて周囲の建物を見回した。

給水塔の正面、米兵が整列している広場から一〇〇メートルほどのところに、レンガ造りの監視塔がそびえている。いまは滅多に人が昇らない、廃屋のような建物だ。

狙撃のあと、米兵たちが犯人を求めて殺到するのはあの監視塔。その間に、倉庫の前まで逃走する。そこには、陸栄生の配下の、中国国家安全部の要員が待ち受け、キャンプ内からの脱出を誘導する。

男は腰を落とし、鉄塔脇の壁から、ライフルの銃身を突き出した。弾は例によって、ロングレンジの弾頭が一発だけだ。

将校たちが一斉に姿勢を正し、敬礼した。

お立ち台には、小太りの准将に代わって、痩身の、金ぴかの肩章をつけた将官が立った。

将官は、将校たちを見回して、おもむろにスピーチを始めた。

スコープの十字目盛に威厳にみちた端整な顔が映る。制帽の脇からのぞく、上品な白髪。

男の両眼が針のように細まった。

指が引き金をしぼった。

かすかな発射音と同時に、将官の躰が崩れ、台の上から転がり落ちた。

第三章

はじめは、蝙蝠《こうもり》の大群かと思った。

彼方の青空に、突然現れた真っ黒な帯。

「なんだ？」

嘉手納《かでな》基地の脇に建つ「道の駅かでな」の屋上には、米軍機を撮影するため、民放二社のカメラマンが常駐している。

彼らが訝しげに見上げたとたん、帯はみるみる大きくなって、すぐに視界を覆うステルス戦闘機の大編隊に姿を変えた。

「な、なんなんだ、これは！」

ステルスのこんな大群、見たことない。

慌てて三脚にセットしたＥＮＧカメラのレコードボタンをオンにした。のぞき込んだファインダーの中で、ステルスは轟音を響かせて続々と舞い降り、滑走路脇の芝生が瞬く間に黒色に染まっていった。

最新鋭戦闘機ステルスは、嘉手納の常駐機ではない。その大編隊が突然飛来した意味は、明白だった。

米軍の強烈なデモンストレーション。

そこには、軍事拠点としての沖縄を決して手放さないぞという、アメリカの断固たる意志が示されていた。

キャンプ・コートニーで射殺されたのは、在沖米軍の最高責任者、第三海兵遠征軍司令官だった。アメリカの怒りは凄まじかった。アメリカ政府は、激化している沖縄の反米行動をただちに鎮静するよう、日本政府に強硬に迫った。そして今後、米軍の兵士、その家族、施設などになんらかの危害が加えられた場合、あるいはその恐れがあると判断した場合には、武力行使をためらわないと言明した。

女子高生事件とオスプレイの墜落で、米軍施設には投石や放火が相次いでいる。もし、抗議行動に走る住民と米兵の間で殺し合いのような事態が起これば、日米同盟が崩壊する。

日本政府は蒼白になった。


明け方の冷ややかな空気が頬を撫でる。街路には人影もなく、たまに車が通るだけだ。

午前四時四十五分。

秋奈は、ひとり、県庁から十分ほどの旭橋の駅前を歩いている。

白亜の高層ホテルが目前に迫っている。

「那覇にいるので会いたい」

阿久津天馬から突然の電話があったのは、きょうの深夜、午前一時だ。

なぜ、阿久津が沖縄に……。

足を止めてホテルを見上げた。

これまでさんざん無視しておいて、なぜ急に……。

阿久津が指定した時間は午前五時。場所はこのホテルのスイートルームだ。

「あまりひとに聞かれたくない話なのでね」

阿久津は小さく笑って、部屋に呼ぶ理由を言った。低くて太い、鼓膜に響く声だった。

阿久津の会社には、あれから何度もメッセージを残し、魚釣島の遭難について検証取材を進めていると伝えている。阿久津もそろそろ限界だと観念したのか。或いは、たまたま来沖した機会を捉えただけなのか。

それとも……。

黒い不安の煙がたちこめてくる。ひょっとしたら、罠かもしれない。

阿久津にとって、南条を知り、魚釣島の真相を究明しようとしている自分は、厄介な存在だ。遭難の背景には不都合な秘密がある。隠蔽のためならば手段を選ばないのではないか。

午前五時は、非常識だが「都合が悪い」と断れない時刻だ。しかも電話からわずか四時間。この時間帯と間隔では十分な対策は取れない。これは、自分の知らない世界の、プロのやり口ではないのか。

県警本部長の死に顔が、瞼の奥でちらついた。最悪、自分も殺されるかもしれない。死体も巧みに細工されて……。

バカな！　と首を振って、すくんだ足を踏み出した。姉の死の真相を知るには、阿久津と会う以外方法はないのだ。

一応、〝保険〟はかけた。「午前九時までにわたしから連絡がなければ、異常事態と思ってください」堀口の留守電にそう入れておいた。

エレベーターの箱の中で、ＩＣレコーダーのスイッチを入れ、ジャケットの内ポケットに突っ込む。

絨毯を踏みしめるように、客室前の廊下を歩いた。

ノックと同時に扉が開くと、スキンヘッドに、大きな目、太い眉。目の前に、小山のような男が立っていた。

勧められるままに、秋奈は大きな窓の前のソファーに座った。眼下に、オレンジ色の外灯に照らされた那覇港が見える。

阿久津天馬が正面に腰を下ろした。

「春奈さんによく似ておられる。まるで生き写しだ」

まじまじと秋奈を見て、そうつぶやいた。声は電話と同じよく響くバリトンで、粗野な感じはしない。

「ええ。双子って言われてました。わたしが六つ下ですが」

阿久津をにらんで答えた。

これは勝負だ。呑まれてはならない。

「東京出身のあなたが、なぜ、沖縄の新聞社に勤めておられる？」

「学生時代、ダイビングに夢中になって、沖縄の海から離れがたくなった、だからです」

「なるほど」

阿久津が、ごつい頬をかすかにゆるめた。

「私は、防衛研究所で、長年、戦史研究にたずさわってきた。そのかたわら、ずっと『羅漢』を探し続けてきた」

この入道のような風貌と山のような巨軀は、研究者というイメージからはほど遠い。本当は何者なのか。自己申告の経歴は軽々には信用できない。

「すまんが、レコーダーをお持ちなら、切ってもらいたい。腹を割って話したいのでね」

阿久津の目が鋭く細まった。

秋奈は肩をすくめ、ICレコーダーを取り出して、スイッチを切った。

「まず、私はご遺族であるあなたに、お詫びしなくてはならない。私はお姉さまの死に、深く関与した。私のせいでお姉さまは亡くなられた、そう考えてもらってかまわない」

五年も経って、なにをいまさら。正面のごつい顔に、ムラムラと怒りが込み上げてきた。

「ことが決着したあかつきには、私は、ご遺族一人ひとりのもとを訪ね、真相をお伝えして謝罪するつもりだ。だが――」太い眉が上がり、大きな目がぎらりと光った。

「いまはその時期ではない。そのことをご理解いただきたい」

小山のような躰から強烈な威圧が迸《ほとばし》り、秋奈は一瞬、たじろいだ。

怖いひと……。

けど、負けない。腹に力を込めて、押し返すように声を出した。

「警視庁はわたしたち遺族にウソの説明をしました。遺族を騙すのは、姉をはじめ、魚釣島で亡くなった方々を冒瀆することだと思います」

阿久津がかすかに顎を引いた。

「わたしは、妹としてどうしても真相を知りたいんです。魚釣島で何が起きたのか。なぜ、姉はそんな島に行ったのか。そこでどのように死んだのか。どうして死ななくてはならなかったのか」

「ご遺族にウソをついてまで――」阿久津が秋奈を見返した。

「魚釣島の出来事は伏せなければならない。その理由を、これからご説明する。話を聞けば、あなたにも納得してもらえるはずだ」

「もし、わたしが納得しなければ？」

挑む目で言った。

「そのときは、仕方がない」

阿久津の頰がピクリと動いた。

背筋にスッと恐怖が走った。

「まず、説明をうかがいます」

突き放すように顎を上げ、まっすぐ阿久津と向き合った。「五年前、一体なぜ、姉は魚釣島に行かされたのか。そこから説明してください」

「南条から、『羅漢』については説明を受けただろう」

「ええ。『冊封使録・羅漢』と。しかし、それだけです。しかも、十二冊ある冊封使録の中に、『羅漢』というものはありませんでした」

「『羅漢』は、間違いなく存在する」

阿久津がきっぱりと言った。

「公表されている十二冊以外に、冊封使録は、実はもう一冊書かれていた。それが『羅漢』だ」

阿久津は、テーブルの隅に置いた手帳から古びた白黒写真を取り出した。

「これが、『羅漢』の表紙だ」

灰色の地に、真っ黒な龍が写っている。牙をむき、爪を出して、いまにも獲物に飛びかかろうとする、獰猛な龍。ひどく不気味な絵柄だ。

「もう二十年、私はこの写真を肌身離さず持ち歩いている。この写真は、甲斐猛《かいたける》という戦前の陸軍軍人の陣中日誌に貼りつけてあった」

「陣中日誌？」

「軍人が前線でつける日記のことだ。『羅漢』は、もともとは北京の故宮博物院に収められていた。だが、日中戦争が始まると、中国人は故宮の文物を南京に移した。甲斐は、日本軍が南京を占領したとき、『羅漢』を手に入れた」

「……」

「故宮に収められるほどの稀覯本《きこうぼん》だ。甲斐は『羅漢』がよほど気に入っていたらしい。日誌には表紙の写真だけではなく、本文の記述も抜粋して丁寧に書き写されていた。二十年前、初めてその内容を目にしたとき、私は衝撃で全身が慄えた」

この男が慄えた？

「甲斐猛はその後、上海を中心に中支戦線の指揮をとり、さらに沖縄防衛の第三十二軍参謀長になって米軍と戦う。だが、昭和二十年六月二十三日、司令官の牛島満中将とともに摩文仁《まぶに》の洞窟で自決した」

秋奈はかすかに声を漏らした。甲斐という男は、なんの因果か、ここ沖縄で死んだのだ。

「それで『羅漢』は？」

「甲斐の死後、行方がわからなくなった」

それが「羅漢」だけが公表されない理由か。消えた幻の冊封使録……。

「ところが――」阿久津が大きく息を吸い込んだ。

「その『羅漢』が、五年前、突然世に現れた。そして日本政府は大騒ぎになった」

五年前。まさに姉たちが魚釣島に行った年だ。

「黴《かび》臭い古文書ごときで、なぜ、政府が大騒ぎになったのか。それを説明する前に――」言いながら、阿久津が立ち上がった。

「あなたは、尖閣近海にどれぐらいの資源が眠っているか、ご存じか？」

「以前、石油に関しては調べたことがあります。アメリカのエネルギー省が推定埋蔵量を発表しています。六〇〇〇万バレル。日本の消費量の二十日分にも満たない量です」

「ふふ。尖閣問題の過熱を抑えたいアメリカが、本当のことを言うと思うのか？」

「……」

阿久津が窓辺に立った。

「尖閣の石油は、一九六八年に国連が実地調査し、翌年、ペルシャ湾岸の埋蔵量に匹敵する、と発表して世界中を驚かせた。日本政府は直後に独自の調査団を尖閣に送り、埋蔵量を一〇〇〇億バレルと推計した。この量は、世界第五位の埋蔵国、イラクの全埋蔵量に匹敵する。中国が尖閣の領有を主張し始めたのは、それからだ」

「でも、昔の調査は技法が古いと……」

「それも、アメリカが流したデマだ。３Ｄ地震探査という、最新の資源探査技術がある。十年前のことだ。日米はこの分野で進んでいるノルウェーの協力を得て、最新技術で密かに尖閣近海を調べた。その結果、過去の日本の調査とほぼ同じ推計が出た」

「……」

「しかも、尖閣の資源は石油だけではない。海底熱水鉱床はご存じか？」

「いいえ」

「海底のマグマと一緒に噴き上げられた鉱物が、冷えて固まった鉱床のことだ。レアメタルをはじめ、金、銀、マンガンなど多様な鉱物が含まれている。海底火山がひしめく尖閣の海底には、巨大な熱水鉱床が複数ある。石油と熱水鉱床を合わせれば、資源規模は軽く一五〇〇兆円を突破する」

「莫大な資源があることはわかりました。でもそれが姉の死とどう――」

不満の表情を阿久津に向けた。

「尖閣は軍事的にも重要な意味を持つ」阿久津が、無視して続けた。

「東シナ海を掌中に収め、次に太平洋岸を制圧する。これが中国の積年の悲願だ。そうなって初めて、中国はアメリカと対等なスーパーパワーになれる。そのためには、東シナ海のど真ん中にある尖閣はひどく邪魔だ」

「要するに、中国は喉から手が出るほど尖閣が欲しいと」

「そうだ。そこで話を『羅漢』に戻す。なぜ五年前、たかが一冊の古文書のために、日本政府が大騒ぎになったのか」

「なぜです？」

「『羅漢』の中身が問題なのだ。『羅漢』には、尖閣の領有権争いに決着をつける、ある決定的な史実が記されている」

「史実……」

「明の時代から尖閣は中国の領土だった、だから返せ、というのが中国の言い分だ。それを証明しようと、中国は様々な文献を持ち出している」

秋奈の脳裏に、先日、博物館で見た、冊封使録のいくつかの記述が浮かんだ。

「だが、それらの中には、入植とか治安活動とか、中国が実際に尖閣を統治していたことを示す記述はひとつもない」

同じことを照屋学芸員も言っていた。

「『羅漢』には、そうした事実が記されていると？」

「そうだ。『羅漢』に記された史実は、当時、中国ではなく、琉球王朝が尖閣を支配していたことを、決定的に示している」

「羅漢」は、尖閣が大昔から琉球の領土だったこと、つまり日本の領土だったことを証明する文献なのか。

『羅漢』は、中国の主張を完膚なきまでに粉砕する。『羅漢』が公表されれば、冊封使録に頼った中国の主張が、いわば冊封使録自体によって否定される。これではグウの音も出ない。中国はすごすごと引き下がらざるを得ないのだ」

であれば、「羅漢」は、日本にとっては莫大な資源をもたらす、神風みたいな〝天佑の宝書〟、一方、中国にとってはすべてを失う〝悪魔の書物〟だ。日本は是が非でも手に入れようとし、中国はなんとしても灰にしようとするだろう。

「その決定的な史実とは、どんなことです？」

「それより、五年前、長く消息を絶っていた『羅漢』が、なぜ突然、姿を現したのか、だ」

阿久津がかわすように話を変えた。

「『羅漢』の持ち主が、日本政府に巨額のカネを要求したからだ」

「カネを？」

秋奈は眉を寄せた。

「そう、脅迫だった。拒否すれば、『羅漢』を中国に渡す、と。脅迫状には、『羅漢』の表紙と本文が写真に撮られ、余白の一部が切り取られて添えられていた。それはまさに、私が長年探し求めていた五百年前の『羅漢』の実物だった」

「……」

「政府は極秘裏に、官房長官の下に警視庁と自衛隊の特殊部隊で混成された捜査本部を立ち上げ、必死に脅迫者を追った。私は本部の参謀となり、南条も、姉上の春奈さんもその捜査に加わった」

ようやく、姉の話が見えてきた。

「結局、日本政府は、一億ドルのカネを脅迫者の口座に振り込んだ。脅迫者はその後、『羅漢』をジュラルミンケースに入れて、魚釣島に投下したと言ってきた。回収するため、私を含め、捜査本部の六十人が島に上陸することになった。その中に春奈さんもいた」

秋奈は、膝に置いた拳をぎゅっと握りしめた。

なぜ、姉が魚釣島に行ったのか、その理由がついにわかった。

「我われが魚釣島に出発する前の晩、当時は官房長官だった総理の牧《まき》さんが市ヶ谷に置かれた捜査本部にやって来た。そして顔面を紅潮させて言った。

『羅漢』が手に入れば、日本の一〇〇〇兆円の借金が一気に片づく。それだけじゃない。なお余りある資金で、年金の心配も、増税の心配もない社会がひらける。教育費は無償となり、少子化にも歯止めがかかる。活発な公共投資で地方が息を吹き返す。いまの日本が抱える大方の問題が解決する、と。

我われはその言葉を胸に、強い使命感を帯びて魚釣島に上陸した。まさに日本の命運を担って……」

阿久津がサイドボードの引き出しから、黒革のカバーに包まれた薄いファイルを取り出し、ソファーに戻った。

「しかし、上陸した後、大変なことが起こった」

大きな両眼に翳が差した。

「魚釣島は密林が鬱蒼と茂る、急斜面の険しい地形だった。私は捜査本部長とともにずっと指揮所のテントにいた。だから、春奈さんたちが亡くなられた瞬間は見ていない。私がその場に駆けつけたのは、すべてが終わった後だった」

姉が亡くなった瞬間……。

秋奈は肌が寒くなるのを感じた。

「南条は、春奈さんがいた小隊の唯一の生存者だ。だが、彼はショックで精神を病んだ。重度のＰＴＳＤ、心的外傷後ストレス障害だ。魚釣島から東京に戻って、長く入院した。まともな事情聴取ができる状態ではなかった」

南条の青ざめた顔と、額に浮いた汗が浮かんだ。確かにどこか病的な感じだった。

『傾聴』という、患者の話をじっくり聴く、精神科の治療法がある。このファイルには心理療法士が、南条から『傾聴』の中で聴き取った話が記されている」

阿久津が黒革のファイルを差し出した。

「魚釣島で、一体なにが起きたのか。すべてはここに書かれている」

秋奈は受け取り、慄える指でページを開いた。

患者名　南条優太郎（三十七歳）
病名　心的外傷後ストレス障害
カウンセラー　心理療法士　寺内恵子（第二心療内科）
六月二日　午後二時。於警友中央病院

――私（南条優太郎）が、「羅漢」回収のため魚釣島に上陸したのは、三月十五日、午前六時のことでした。

作戦は、民間の貨物船で魚釣島の手前まで接近、積載した自衛隊の内火艇で上陸する、というものでした。

灰色の空から、烈風がゴーゴーと吹きつけ、壁のような高波が、覆いかぶさるように降ってきました。

小さな内火艇は、荒れる波間でまるで木の葉のように翻弄された。周囲は大鮫がうようよつくという暗黒の海です。私は振り落とされまいと、必死で船べりにしがみついていました。

気がつけば、東の空が朝日で黄色く染まっていました。

やがて灰色の雲の切れ間から太陽が顔を出し、辺りが急速に明るくなった。それまで黒いシルエットに過ぎなかった魚釣島の全貌が、光を受けてはっきりと現れました。

「で、でかい……」

思わず声を上げました。

小島というから、瀬戸内海に浮かぶ豆のような島を想像していたが、まったく違う。

魚釣島は、巨大な連山のように、圧倒的な迫力で絶海にそびえ立っていた。仰ぎ見る山頂の高さだけでも優に東京タワーをしのぎ、土が剝き出しになった絶壁は、高層ビルのように視界を奪った。とても小島などという印象ではなく、海に浮かんだ陸地とでも言うべきものと私には思えました。

チカッ、チカッとフラッシュを焚いたような光線が目を刺してきました。西岸に立つ「尖閣灯台」が目の前に迫っていました。

上陸後、六十名の捜索隊は三つに分かれました。

捜査本部長と阿久津顧問ら年配者四名は上陸ポイントのテントにとどまり、残りは、十六名の先遣小隊と四十名の本隊となった。

私は先遣隊に入りました。

唯一の女性隊員で、同じく警視庁から出向してきた山本春奈が一緒でした。上陸隊のうち、警察出身は私たち二人だけで、あとは陸自の特殊作戦群の自衛官たちでした。

密林での捜索は女性にはきつい。警官同士、自分が支えてやらねばと思いました。

なぜ、山本春奈が上陸部隊に加わったのか。理由は、彼女が捜査三課で開錠の特殊訓練を受け、「ピッキングの女王」と呼ばれるほどに熟達していたからです。

ジュラケースを発見した場合、ただちに開錠して、中身を確認、首相官邸に急報することになっていました。官邸では「羅漢」回収の一報を、官房長官の牧洋太郎はじめ、政府高官がいまや遅しと待ち構えている。即刻開錠、官邸に一報という段取りは、絶対的なものでした。

寄せ集めの捜査本部の中で、彼女は人気者でした。すらりとした美人だったし、物静かだがよく気がつくたちだった。夜勤のときなど、よくコーヒーを配ってくれました。そっとデスクの脇にカップを置き、悪戯っぽく言うんです、「ラム酒入りです」と。

先遣隊は奈良原岳と呼ばれる山の上方で「羅漢」の捜索に当たりました。

魚釣島の急な斜面には、ビロウやアラカシなどの亜熱帯植物がぎっしりと繁茂していた。

密林は異様なほどの湿気で、まるで蒸し風呂でした。葉陰からさす鋭い陽光が肌に突き刺さり、私たちは汗を拭き拭き、声をかけ合って必死に歩いた。

魚釣島の森林には、山羊道と呼ばれるごく細い道がある。繁殖した山羊の採食と踏圧によってできた、獣道のようなものです。

その山羊道を探して進むのだが、傾斜の急な登り坂のうえ、道は細過ぎたり、途切れたりしていて行軍は難航をきわめた。

振り返ると、山本春奈が唇をまっ白にして、歯をくいしばって歩いていた。私は声をかけ、並んで一緒に歩きました。

密林を接岸ポイントの西岸から二キロほど東へ進み、奈良原岳の中腹にさしかかったときでした。

突然、銃声が鋭く響き渡った。

「敵襲！　伏せ！　伏せろ！」

誰かが叫んで、私は地面に突っ伏した。

くそォ！　中国の野郎、やっぱり……。

「撃て！　撃て！」

連呼する声が聞こえ、敵味方双方の小銃が唸りを上げて、激しい銃撃戦が火蓋を切った。

敵はすぐ目の前の薮の中にいました。突然の遭遇で、ジャングルの中で敵味方が入り混じって散らばってしまったようでした。

突然、ガーンと叩きつけるような爆発音がした。顔を埋めるように土にへばりついた。メリメリと木が倒れる音がした。

「手榴弾だ！」

怒声が響いた。

次の瞬間、目の前を赤い閃光が連続して走った。爆発音が耳をつんざき、砂塵が熱風とともに私の躰を包み込んだ。

戦闘が終わって、目に飛び込んで来たのはあまりに酸鼻な光景でした。草むらに、べっとりと大量の血のりが付いていた。頭がつぶれた敵兵の死体があった。自衛隊員によれば、味方が続けざまに投げ込んだ手榴弾が、敵を粉砕したということでした。

「やはり、来ていたか……」

死体を見ながら、陸自特殊作戦群の二佐で小隊長の神代一輝《かみしろいつき》が、私と同じ思いを口にした。

もしかしたら中国軍が、という懸念は上陸前からあって、部隊が完全武装で来たのもそのためでした。脅迫者が同じ脅迫状を日本と中国の双方に送っているのでは、という疑念が、当初から指摘されていました。日中双方を脅迫し、両国からカネを奪う。悪質だが、それが最も効率的なカネの収奪法だからです。脅迫犯は、「羅漢」を魚釣島に投下したというメールも両国に送ったのです。中国は潜水艦で密かに島に接近、ゴムボートで特殊部隊を上陸させたのでしょう。

私たちは拳を握りしめました。なんとしても中国より先に「羅漢」が入ったジュラケースを確保しなければならない。気がつけば、山本春奈が、隊員たちの後方で蒼白になって立っていました。

奈良原岳をさらに進み、小高い丘に達したとき、「見ろ」と、神代小隊長がのぞいていた双眼鏡を私に寄越しました。

レンズを通した丸い二つの視界に、椰子科のビロウが群生し、広い葉が重なり合うようにひろがっていた。その葉の隙間、ひときわ高い樹冠の下で、赤い光がチカチカと点滅していた。ごくごく微細な、気づいたことが不思議なほどのか弱い光。だが、その間欠的な明滅は、明らかに人工的なものでした。

ライトの上方に、銀色の金属が見えました。葉と枝に阻まれて、全体像は視認できないが、ジュラケースの一部とみて間違いなかった。赤色ライトは、脅迫犯が発見を容易にするため、目印代わりにつけたのでしょう。

私たちは、赤い点滅を目指して山羊道を走り出しました。

途中、本隊からがなりたてるような無線が入った。本隊は奈良原岳のすそ野で中国の主力部隊と遭遇、烈しい銃撃戦に突入しました。

私たちは急いだ。本隊が中国部隊を引きつけている間に、是が非でも「羅漢」を回収せねばならなかった。

銃剣で枝葉を落とし、這うように山羊道を登りました。

そしてついに、赤いライトが点滅するビロウの木の下にたどり着いた。

ジュラケースは、四つにわかれた樹冠の間に、すっぽりと落ちていました。樹から降ろし、十六名の隊員全員で取り囲んだ。

「ただちに開錠、内容確認！」

神代小隊長が厳しい表情で、山本春奈に命じた。

「はい！」

山本春奈が地面に膝をついて、ジュラケースを持ち上げた。

万歳するのはまだ早い。中身が確認されてからです。だが、銀色のジュラケースを足もとに見たとき、私は喜びがゾクゾクと背すじを這い上がるのを感じました。

間もなく、「羅漢」が色あせた姿を現し、その瞬間から、日本の再生が始まる。借金地獄を脱し、明るい未来が開けてくる。空に向かって笑い出したい気分でした。

私は、隊員たちから少し離れた丘の上での哨戒を命じられました。見張り役です。だが、視線はジュラケースに釘づけだった。

「ピッキングの女王」こと山本春奈が、手袋をはずし、工具箱から針金のような器具を取り出して、ジュラケースの鍵穴に差し込んだ。

全員が固唾をのんでその指先を見つめていました。

私も双眼鏡を山本春奈に向けた。

彼女のきれいな瞳が一点に注がれている。

薬指の小さなルビーの指環が紅色に光っていた。

やがて、春奈の頬に朱が差した。細い指先が動きを止めた。

たぶん、カチリと音がしたのです。開錠の音が。

山本春奈がひとつ小さくうなずいて、ジュラケースを捧げるように、神代小隊長に差し出した。

神代の端整な顔が笑みに崩れ、ジュラケースを膝の上に置いた。

双眼鏡にジュラケースが大きく映った。

神代がひと息にケースを開けた。

その瞬間、私の視界は、強烈な、太陽のような真っ赤な光線で覆われた。

地球が割れたかのような大音響が、脳髄をブチ抜いた。

大きな空気の塊が突き上げ、躰が宙に浮いた。すぐに地面に叩きつけられた。

青空が、一瞬にして暗黒に変わっていた。

その空から、バラバラといろんなモノが降ってきた。

土が、枝が、布が、靴が、人の脚が、胴体が、顔が……。

私は、何が起きたのか、わからなかった。ただ茫然と目を見ひらいて、宙空を見ていた。

ボン！　と近くで音がした。

我に返って顔を向けた。

ちぎれた人の手だった。

手が土の上を転がった。二転、三転。

手は私の足下で止まった。

白い手だった。手首から先だった。指に紅色の点が光った。

それがルビーの指環とわかるまで、数秒かかった。

手は山本春奈のものだった。

彼女のちぎれた手……。

私は恐怖であとずさった。

その直後、自分の口から獣のような咆哮が迸った。

ウォ――――。ウォ――――。

喉が破れるような咆哮が何度も上がった。

私は、そのときすでに狂っていたのかもしれない。やがて意識が飛んで、記憶がなくなった。

後に聞いた話では、爆音を聞いた同僚たちが現場に駆けつけたとき、私は山本春奈の手を持ち、なお狂ったように叫び続けていたという――。


南条の「傾聴」の記録は、そこで終わっていた。

読み終えて、秋奈は言葉が出なかった。心が氷結したようだった。

ありし日の姉の、元気な笑い顔だけが、重なるように目に浮かんだ。

やがて、ぽつりと思った。

遺体が、ない、はず、だ……。

南条が「自分の口からは言えない」と証言を拒んだわけも、魚釣島に遺体を埋めざるを得なかった理由もわかった。

あまりにも無残な事実に、恐怖と怒りで膝が慄え出したのは、そのあと何十秒も経ってからだ。

「南条から、春奈さんの指環をあなたに返したと聞いた」

阿久津が低い声で言った。

「南条は以前、こう語っていた。春奈さんの手は、まるで拾ってくれというように、自分の足下に落ちてきた。おそらく、家族のもとに帰りたいという、彼女の遺志がそうさせたのだろう、と。だから奴は、指環を抜き取り、誰にも内緒で日本に持ち帰った」

秋奈は目を閉じた。

お姉ちゃん……。

呼吸ができなくなるほどに、胸が締めつけられた。

姉は本当に帰って来たかったのだ。家族と堀口のもとに……。

愛する者のもとに帰ろうとする。それは死してなお残る、魂の強烈な一念かもしれなかった。

涙がひと筋、頬を伝って流れ落ちた。

「脅迫者の正体は？」

涙をこらえて、阿久津を見た。

「魚釣島の事件の後、捜査本部は、島にジュラルミンケースを投下した飛行機を調べた。我われが上陸する五日前に、大阪の八尾飛行場でチャーターされ、石垣島を経て魚釣島に向かった双発機があった。チャーターしたのは洌丹《れったん》という台湾人だった」

「洌丹……」

胸に刻む。

その男が、姉を殺した犯人だ。

「もちろん、偽名でチャーターしていたが、その男は、中国で反体制活動をし、一時、日本に逃れて難民申請をしていた。だから公安のデータに指紋があって、本名が割り出せた。そしてこの五年間、我われは台湾で冽丹を捜し続けた。しかし、残念ながら消息はつかめなかった」

視野が暗くなるほどの怒りが込み上げた。卑劣きわまる犯人は、いまだ野放しで、のうのうと生きている。

「実は、きょう、あなたをお呼びし、お話ししたかったことは、ここからだ」

阿久津の目が光り、声のトーンが変わった。

「約一か月前、那覇の雑木林で、身元不明の男の絞殺死体が見つかった」

ああ、あの事件……。記憶の隅に残っている。大事件が続発し、すっかり忘れ去っていた。

確か、オスプレイが墜ちる前日だ。秋奈自身がその事件の記事を書いた。

「あの件が、なにか？」

「死体で見つかった男の指紋が、双発機に残された指紋と一致した」

「えっ」

吸い込んだ息が止まった。

「五年間、冽丹を追い続け、結局、見つけたのは死体だった、というわけだ」

「冽丹が殺された、ということですか？」

念を押さずにいられなかった。

「そうだ」

そんな……。

ガラガラと視界が砕ける思いがした。

「この意味は重大だ」

阿久津が、秋奈の動揺を抑えつけるように言った。

「なぜなら、『羅漢』を捜す唯一の手がかりがなくなった、ということだからだ」

秋奈はうなずいた。だが、阿久津の声は、水の中で聞くようにぼやけて響いた。急に、頭の中に薄い膜がかかったようだった。

憎む相手さえいなくなった……。

春奈の顔が浮かんでは消える。その合間に、怒りが、真っ赤に焼けた刃先のように突き上げてくる。

気がつけば、阿久津がじっとこっちを見ていた。

「誰が冽丹を……」

辛うじて、ひび割れたような声が漏れた。

阿久津がわずかに首を左右に振った。

「まだなにもわからない。行きずりのチンピラに絡まれて殺されたのかもしれない。強盗に遭ったのかもしれない。身内の者に殺されたのかもしれない」

「警察には？」

ぼんやりと訊いた。

「もちろん……」

阿久津が曖昧にうなずいた。

霞んだ頭で、懸命に話を整理しようとした。

「羅漢」の持ち主である冽丹は、そのありかを知るただひとりの人物だった。彼が死んで、日本を救う〝天佑の宝書〟が、永遠に闇に消えようとしている。

「『羅漢』が中国に奪われた可能性は？」

秋奈は、顔を上げて言った。

「その可能性も当然視野に入れなくてはならない。さらに悪いケースは――」

阿久津が光る目を秋奈にすえた。

「尖閣が資源的にも軍事的にもいかに重要かはさっき話したとおりだ。つまり、尖閣の行方を決める『羅漢』を手にした者は、日本と中国、いや、アメリカさえも手玉に取れる。そんな強力な武器が、もし邪悪な連中の手に落ちたらどうなる？」

ぎくりとした。

「犯人が、強奪した『羅漢』を使ってなにかを企んでいる、そういう意味ですか？」

「その可能性がある」

「……」

「実は、犯人はすでに動き出しているのかもしれない。オスプレイの撃墜、県警本部長、米軍司令官の暗殺。あなたは、いま沖縄で相次いでいる異変を、不自然な連鎖とは思わないか？」

「まさか、冽丹殺しと、本部長や司令官の暗殺が、同一犯の犯行だと言うんですか？」

「断定しているわけではない。ただ、もし、犯人が狂ったテロ集団であれば、あり得ないことではない」

撃墜、という言葉がちらりと浮かんで、すぐに意識の隅に消えた。

阿久津が険しく表情を引き締めた。

「いまの段階は、あらゆる可能性を視野に、慎重に行動しなくてはならない。だから、あなたにお願いしたいのは、もう少し待ってほしいということだ。いま騒がれれば、事態は間違いなく混迷する。最悪の場合、多くの犠牲者が出る。その代わり、ことが決着したあかつきには、『羅漢』の内容も含め、なにもかもお話しする」

秋奈は黙った。どう返事をすればいいのか、わからなかった。

阿久津が身を乗り出し、説き伏せるように秋奈の顔をのぞき込んだ。

「記者であり、ご遺族のひとりであるあなたに、書くな、とは言わない。いずれその手で、魚釣島の真相を、いや、すべてのことを明らかにすればいい。だが、しばらく、犯人像がつかめるまででいい、待ってくれ」

大きな目に、必死の色が浮かんだ。

＊

午後十時を過ぎた。

愛車レオのフロントガラスの向こうを、他社の記者たちがぽつぽつと横切る。琉日、朝日、共同通信、琉球放送、そして沖新……。

オスプレイの墜落に県警本部長、さらに米軍司令官の暗殺と大事件が続き、記者たちの夜回りも盛大だ。

秋奈は、県警捜査一課の管理官の官舎のそばにいる。三年前、県警クラブにいた頃、世話になった刑事だ。

十一時を過ぎれば、さすがに記者たちの夜回りも終わる。そうしたらドアを叩き、雑木林で見つかった死体について話を聞く。

部屋にこもって、きょうは出社しなかった。

爆死。

姉の躰は、バラバラに引き裂かれ、密林に四散したのだ。

あの姉が……。

姉の手首が。

脳がふくれて、破裂しそうだった。

夜になって、ようやく立ち上がり、ジャケットをはおった。

このままでは、絶対に済まさない。そのために、やるべきことがある。

レオの前方をまだ記者たちが行き来する。読売、テレ沖……。

デジタル時計に目をやった。

十時半。

時間が経つのが腹立たしいほど遅い。

なぜ姉が魚釣島に行ったのか、ついに事情はわかった。「羅漢」がどういう意味を持つ書物なのか、それもわかった。しかし、もっとも重要な、冽丹という犯人が、なぜジュラケースを島に落とし、なぜ爆弾を仕掛けたのか。その理由は彼の死とともに永遠の謎となってしまった。

誰がなぜ冽丹を殺したのか、その真相もわからない。

阿久津は、まだなにもわからないとしながらも、「羅漢」が強奪された可能性がある、と指摘した。

目を閉じた。

黒い龍が現れる。

けさ見た「羅漢」の表紙。まったくもって不気味な絵柄だった。

「いま沖縄で相次いでいる異変を、不自然な連鎖とは思わないか？」

阿久津のその言葉が、頭にこびりついている。

阿久津は、オスプレイは撃墜された、とも言っていた。事実なら、大ごとだが……。

目をやると、車の時計が十一時を指している。

秋奈は記者の姿がないのを確かめて車を降りた。首すじを夜気が撫でて、ゾクリとする。

人気ない道路を横切り、官舎に向かって歩いた。

それぞれの事件の真相はわからない。だが、いま自分が為すべきことはわかっている。阿久津の話の真偽を、ひとつひとつ、この足で確かめていくことだ。

三階に昇って管理官の部屋のベルを押した。

「おう、久しぶり」

ドアの隙間から、張り出た額に引っ込んだ眼窩、典型的な刑事顔がのぞいた。

短い挨拶のあとですぐに、雑木林で見つかった死体の捜査について尋ねた。

「ああ、アレねえ」

とたんに、いかつい顔から興が失せた。

「冽丹？　知らねえな。だいたいアレ、身元は割れてねえよ。台湾人らしいが、パスポートがパチモンだったからな。偽名は陳ナントカだったな。ふふ、台湾人の四人にひとりは〝陳さん〟なんだとさ。こうなると、ホントの身元はまずわからんさ」

「はあ……」

とぼけている表情ではない、と思った。だとすればどういうことだ？　阿久津は警察に話していないのか。

その後の捜査についていくつか質問した。管理官は、他の事件で手が回らず、捜査は動いていないと言った。

十分ほどで切り上げ、レオを走らせながら、管理官との話を反芻した。

管理官によれば、「被害者の台湾人の男」は、殺される一週間前に偽造旅券で来沖し、阿久津が宿泊しているのと同じ高級ホテルにひとりで滞在していた。その後、オスプレイが墜落する二日前からホテルに戻らず、絞殺死体で発見された。

男はホテルでは片言の日本語を話したという。日本に馴染みがあるのだ。たぶん、日本に知り合いがいる。男を日本に呼んだ者がいて、滞在中も、その人物と行動していた、そう考えるのが自然ではないか。

男の遺品が県警に保管されているという。「あす、中身を教えてやるわ」と管理官は言った。

秋奈の自宅は、那覇空港近くの高台、小禄《おろく》にある。２ＤＫの賃貸だが、ちょっと広めのテラスがあって、海が一望できる。

翌朝の六時過ぎ、秋奈は堀口に電話を入れた。辛いが、姉の死の模様を伝えなくてはならない。

冷静に話すために、敢えてテラスからかけたが、あいにくの曇天で、海は灰色に濁っている。堀口はすでに起きていた。が、なんとなく慌ただしい気配だ。こんなに早く出勤するのかと、ちょっと驚いた。

「少し、話せますか」

「うん。悪いが、五分くらいなら」

「阿久津に会いました」

「ああ、留守電は聞いた。ちょっと心配だった」

ちょっと?

カチンときたが、咳払いして、「羅漢」が尖閣問題にケリをつける理由、阿久津が元防衛省の人間で、長年「羅漢」捜索に従事していたことなどから話し始めた。堀口は、ひとつひとつ、「うん、うん」と相槌を打ちながら聴いていた。それから南条の「傾聴」の記録を語り、姉の爆死について告げた。

堀口が押し黙った。

やがて、潰れたような声がした。

「で、その脅迫犯は?」

秋奈は、洌丹のことを説明した。彼とおぼしき死体が沖縄の雑木林で見つかった、と。

「わかった。アキちゃん、ありがとう。そろそろ出る。会議がある」

振り切るように堀口が言った。

「じゃ、次の機会に詳しく。どこかで時間をつくってください」

「もちろん。近々会おう」

通話が切れ、秋奈は、待ち受け画面になった携帯を見つめた。

秋奈は自宅から県警の捜査一課に直行した。

いまは悲しむより行動だと、気持ちを奮い立たせた。気を紛らすためにも、その方が絶対いい。

洌丹の遺品を教えてくれるくらいだから、管理官はとぼけてはいない。マル秘の重要事案であれば、そんな便宜を図るはずがない。阿久津と警察は話が通じていないのだ。

パーティションで仕切られた一画で、年配の刑事が念仏のように所持品のリストを読み上げた。さすがに直接見せてはくれない。

金張りの懐中時計、ワニ革の靴、白い絹のシャツ……。黒色のチャンパオというのは、裾長の中国服のことだろう。

「これらは、被害者が泊まっていたホテルの部屋に残されとったもんだ。被害者はお金持ちらしいな。ホテルは高級だし、遺品も高そうなもんばっかりだ」

刑事がちょっと羨ましげに言った。

確かに……。

さらに、「漢方の常備薬、台湾産の中国茶の缶、手帳、ソニーのノートパソコン、ヴィトンのスーツケース……」、刑事がどんどん読み上げていく。

「単行本、タイトルは『琉球の王妃たち』」

「ええっ！」

最後に読み上げられた本の名前に、椅子から飛び上がった。

あの本だ！

照屋学芸員から聞き、さんざん探し回ったあの本だ！

殺された男は、間違いなく冽丹だ。でなければ、「羅漢」とつながる「琉球の王妃たち」を持っているはずがない。

台湾にいた冽丹が自費出版のこの本を購入できたとは思えない。誰かが渡したのだ。

「そ、その本の作者と版元を教えてください！」

噛みつくような勢いで刑事に言った。

刑事は目を白黒させた。

「作者は恩納《おんな》朱姫《しゅき》、版元は、えーと、首里出版ってあるな」

秋奈は、ごくりと唾を呑み込んだ。


国際通りを横に折れ、広めの通りをさらに曲がって、雑貨店や食べ物屋がガチャガチャとならんだ路地に入ると、日本というより、中国か東南アジアの街角にいるようだ。こんな路地奥には、めったに来ない。

秋奈は、ひとつひとつ、店の看板を確かめながら歩いた。「琉球の王妃たち」の版元、首里出版がこの辺りにあるはずだ。

県警からまっすぐここに来た。気が急《せ》いたこともあるが、米軍司令官暗殺の取材で編集局は大忙しだ。空いた時間にただちに行動しないと、すぐに次の取材が入ってしまう。

十年前の自費出版の本とはいえ、版元には何冊か保存されているはずだ。それに、私家版だから手にした人は少なく、作者や版元の個人的な知り合いである可能性が高い。出版社から購入者がたどれるかもしれない。

首里出版は、路地の最奥の、薄暗い一角にあった。出版社とは名ばかりの、個人営業の印刷屋のような佇まいだ。

「すみません」

引き戸を開けて声をかけると、痩せて腰が曲がった老爺が出てきた。色あせたグリーンのカリユシは袖口がほつれている。鼻にかかった眼鏡をずらし、無遠慮にじろじろと秋奈を見る。

「以前、こちらから出版された、『琉球の王妃たち』という本を探しています」

「ははあ、アレかい。あの本はもう全部処分しちまったさ」老人がぶっきらぼうに答えた。

「作者の息子が南城に住んでるから、行けば二、三冊はあるんじゃないの」

「あの、社長さん、ですか？」

老人がムスッとうなずいた。

「あの本、すごく面白そう。きっとずいぶん売れたんでしょうね」

さっそく購入者の数を探った。

「いやー、ぜーんぜん！　実は、こっちも売れるかもしれないと思ってさ、ちょっと多めに刷ったんだけど、まるでだったねえ」

社長が一転、歯を剝いて老猿のように笑った。

社長によれば、作者の恩納朱姫は、二年前に亡くなっていた。本名、恩納芽衣子。南城市の資産家の娘で、夫が早世したあと、趣味の琉球史の研究に没頭し、コツコツ資料を集めて、「琉球の王妃たち」を書き上げたという。

秋奈は朱姫の息子の住所を教えてもらった。


社に戻って、横浜の南条の店に電話を入れた。阿久津と会ったことを報告しようと思ったのだが、何度鳴らしても出ない。

コトンと受話器を置いたとたん、

「秋奈！」

背後から胴間声がした。

「ちょうどいい、お前も来てくれ」

デスクの宮里だ。

ヤニで壁が黄色くくすんだ会議室は、入っただけで煙草臭い。コの字形に並べられたテーブルに、遊軍班の先輩が三人、その対面に県政記者クラブのキャップとサブキャップ、東京支社の政治担当、テーブルの中央に報道部長がいた。

「ちょいと、内緒の話だ」

報道部長が全員を見回して軽く念を押し、「じゃ、始めてくれ」と、県政キャップに顎をしやくった。

「二週間前の、官房長官ら政府高官と安里たちの会談のときのことなんですがね」

県政キャップが馬面の鼻の下を伸ばして切り出した。オスプレイ墜落後、官房長官や防衛次官の堂本らが来沖した際の会談だ。予想どおり、政府は沖縄が提案した三つの条件をことごとくはねつけた。

「その席で堂本が、これ以上騒ぐと鉄砲出すぞって、県側を脅したらしいんですよ」

「鉄砲？　なんだソレ？」

宮里が顔をしかめた。

「自衛隊の治安出動のことでしょう」

治安出動……。

「治安出動は警察だけでは抑え切れない、大規模な暴動やテロなんかが発生したときの伝家の宝刀。最近では、オウム事件のときに検討はされたんですがね、実際に発動されたことはない」

「っていうより、治安出動は一種の戒厳令だ。堂本が言ってんのは、自衛隊が力ずくで反基地運動を抑えつけるってことでしょ」

県政キャップの説明を、遊軍班の先輩が腹立たしげに言い換えた。

「まあそうだ。で、そのときはタチの悪いジョークと思ったんだが、ここで妙なのが――」

キャップが言葉を切って、焦らすようにゆっくりと一同を見渡した。

「早く言え。妙って、なにが？」宮里が急かした。

「第十五旅団が極秘裏に増強されてるらしいんですよ」

「沖縄部隊が？」

「ええ。それも大臣すっ飛ばして、堂本の指示だって」

「そんなバカな。次官程度がそこまでできるか」

「もちろん、堂本の独断じゃない。バックには、民自党の防衛族がついてるでしょう。本土は、県警本部長の射殺を反政府過激派の仕業と見てます。沖縄への同情論はアレで吹っ飛んだ。そこにさらに米軍司令官の暗殺だ。もしまた米軍になにかあったら、日米同盟が崩壊する。政権は治安出動にマジになってます」

「治安出動が、政権内で固まったってことか？」

「いや、まだそこまでは」東京支社の政治担当が割り込んだ。

「閣内ではいま、それをめぐって激しい綱引きです。現に防衛大臣の一ノ瀬典子は治安出動に慎重、というより本音は猛反対です。堂本の独走に頭にきて、汚職でブッタ切ろうと身辺調査に乗り出したらしい。他にも財務、総務も反対。アメリカのポチの外務省は大賛成。警察庁は猛反対」

「官邸は？」

「側近たちも真っ二つです。いまは官房長官が慎重なので、ハト派が辛うじて勝っています。しかし、官房副長官たちや危機管理監なんかは強硬」

「首相の牧本人は？」

「ヤジロベエみたいにあっちに傾いたりこっちに傾いたり。いまは官房長官と防衛大臣の顔を立てて思いとどまっていますが、タカ派の突き上げにどこまでもつか……」

「だけど――」遊軍班の先輩が青くなって身を乗り出した。

「もし万一治安出動になれば、ええこってすぜ。沖縄にしてみりゃ、オスプレイで六人も死んでるんです。自衛隊出したらもの凄い反発、一歩間違えば、沖縄と本土が殺し合う内乱ってことになりかねない」

そのとおり、大変なことになる……。

秋奈はゾゾッと肌が粟立つのを感じた。政府は、明らかに沖縄の県民感情を侮っている。

「そこでだ――」

報道部長がおもむろに口を開いた。

「我われとしてはこの件を本気で探る。もちろん、東京支社が防衛省や官邸に当たるが、我われも地元部隊に当たる。宮里をヘッドに、きょうからチームを組んでくれ」

「よーし、これを抜いたら、琉日の鼻があかせるぞォ～」

宮里がバシバシと拳で手のひらを叩いた。

「秋奈！」

「えっ？」

不意に呼ばれてぎょっとした。

「まず、お前が第十五旅団にぶち当たれ。色仕掛けで自衛官の口を割れ！」

「んな、アホな！　ソレ、真っ赤っかのセクハラです！」

「この際だ、セクハラパワハラ、ガンガンいくぞ。社の命運をかけてな！」

「そーだ。秋奈、いまこそお前の女子力が試される」

県政キャップまでもが目をすえた。

「ええっ！」

秋奈は思い切り頬をゆがめた。冽丹殺しの犯人を探る時間が、吹っ飛んでしまった。

「いいですかっ！　こんど米軍基地のガラスが割られたり、将校の女房に石がぶつけられたりしたら、アメリカの怒りは爆発する。そうなれば、次に出て来るのは、確実に自衛隊です。沖縄はどうなりますかッ！」

同じ時刻、県庁四階の会議室でも、県知事と県警との会議が開かれていた。

新任の県警本部長、桐島令布《きりしまりょうふ》の甲高い声が、キンキンと響き渡る。

その高圧的な口調、猛禽類を思わせる険しい容貌。

ヒトラーみたいな喋り方だな……。

堀口和夫は、本部長の横に端座し、密かにそう思った。

桐島は、警察庁の本流、次期警備局長の呼び声高い大物だ。自信たっぷり、貫禄十分。傍流の生活安全局の企画官だった堀口など、「おい、キミ」と、ホテルのボーイくらいにしか思っていない。

正面には、県知事の安里徹。

大物県警本部長の熱弁にも、安里はいつものように、俯いてせっせと爪をいじっている。

《反米行動を徹底的に封じ込めろ！》

米軍司令官暗殺後、それが日本政府の最重要案件であり、沖縄県警の至上課題となっている。

《一層の厳戒を要する》

昨日、警察庁からさらに念押しのような訓令が入った。自衛隊の治安出動の動きが、いよいよキナ臭くなってきたからだ。

治安出動は、警察が治安維持の主導権を、防衛省にかっさらわれることを意味する。警察庁発足以来の屈辱。威信も面子も丸つぶれだ。

《治安出動を徹底的に封じ込めろ!》

いまや、警察の本音はそこにある。

警察庁が広島県警本部長だった桐島を沖縄に転任させたのは、警備畑を歩んできたキャリアゆえで、桐島も表面上は粛然と受任した。

だが、広島より格下の上に、射殺された前本部長の後釜だ。内心、愉快なはずがない。

桐島は来沖早々、銃撃を恐れ、本部長専用車を防弾ガラスのものに変え、ひたすら本部長室にこもっている。やむなく外出するときは、ヘルメットをかぶり防弾チョッキを着用、盾を持った多数の機動隊員に自分を囲ませる徹底ぶりで、まるで護送される重罪犯のようだ。さらに、毎日、早朝部長会を開催、朝、昼、晩と、猛禽類がエサをつつくみたいな甲高い声で、県警の各部長を怒鳴りつけている。ここで不始末があれば、警備局長に昇格するどころかクビが飛ぶ。血相変えるのも無理からぬ話だ。

その桐島にとって、目下の最大の脅威は県知事の安里だ。目の前のナヨナヨとした、桐島の最も嫌いなタイプの男である。

政府と警察の緊張に比べ、肝心の沖縄県側にいまいち危機感が乏しいのは、このバカ殿のせいだ。それが桐島の見立てで、きょう、県警の部長たちが雁首そろえて県庁に乗り込んだのも、「安里にカツを入れる」ためであった。

桐島の長〜い演説が終わったとたん、安里が、やれやれという表情で椅子の肘掛けをポンと叩いた。

「わっかりました」

なにが「わかった」のか、全然わからないが、いつもの、早々に会議に幕を引こうとする仕種だ。

いかん……。

堀口はチラリと桐島を見た。

こういう安里の態度が、激情家の桐島を怒らせるのだ。現に桐島の顔は怒気で赤らみ、唇がへの字にゆがんでいる。

「話はまだ終わっておりませんぞ」

桐島が低く、抑えつけるような声を発した。

「ほう……」

安里がキッと眼をむいた。「じゃあ、いつになったら終わるんだ？　あんたの演説、さっきから治安出動のことばっかりだ。そんな、まさかって話を、馬鹿のひとつ覚えみたいに……」

安里も当然、桐島を嫌悪している。堀口にさえ敬語を使うのに桐島には使わず、しかも「あんた」と呼ぶ。堀口が思うに、この二人、たとえ三回生まれ変わっても、まだ犬猿の仲だろう。

「そのまさかを、政府は真剣に検討している！」

県警本部長がついに声を荒らげた。

空気がビン！　と張りつめた。

「フン！」

安里は冷笑を浮かべ、凝りをほぐすようにゆっくりと首を回し始めた。これもまたナメた態度だ。

手のひらに汗がにじんできた。隣の桐島の憤激がわずかな隙間を通ってひしひしと伝わって来る。県知事と県警本部長が一触即発、この二人の衝突はなんとしても避けねばならない。

「治安出動というのは――」

突然、安里が堀口に目を向けた。

「確か、災害派遣と同じで、都道府県知事の要請でしか発動できないんじゃなかったかな」

「あっ、いや。県知事以外に、総理大臣が発動できます」

慌てて答えた。

「ふーん……そうかあ……」

弁護士だったくせに、そんなことも知らないのか。

「それじゃあ――」安里が首の動きを止め、桐島に目をすえた。

「あんたから、本庁に伝えておいてくれ。万一、治安出動する場合は、総理に発動してもらいたい、とね。私は発動しない。どうせ米軍のご機嫌取りの猿芝居だ。アホらしくて付き合い切れない。第一、面倒くさい」

えっ、と、一瞬、耳を疑った。

堀口だけではなく、県警幹部全員が、唖然として安里を見つめた。

この非常時に、この無責任ぶり。

やっぱり、「口先番長」だ……。

自衛隊の治安出動がどういう意味か、わかっているのだろうか。それは、事実上、戒厳令を意味するのだ。県民の反発は必至、県知事であれば、身を挺して発動を阻止するのが当然だろう。

横目で桐島本部長を見た。

鷲のように鋭い目が怒りで充血、ゆがんだ唇がわなわなと慄えている。

堀口はかすかに首を左右に振った。知事と本部長は決裂した。この先自分は、二人の間をピンポン玉のように往復し、調整に奔走する羽目になる。

安里がまた、挑発するようにぐりぐりと首を回し始めた。

その横で秘書の新垣礼子が、なにがおかしいのか、例によって薄っすらと不気味に笑った。

見れば、バサバサの髪から落ちたフケが、肩に白く積もっている。

ゾッとして、堀口は一秒でも早く、この部屋から逃げ出したくなった。

＊

なだらかな起伏が続く道路沿いに、青々とサトウキビ畑がひろがっている。

梅雨が明け、夏の明るい陽射しがはねている。対向車もほとんどなく、快適なドライブだ。この解放感！

秋奈は運転席のウインドウを降ろし、夏草の匂いを肺いっぱいに吸い込んだ。

那覇から南東へ一時間ほど走った、南城市・新垣地区。

緑に埋もれた美しい田園地帯だが、太平洋戦争の激戦地で、この辺りの畑からは、いまだに人骨のかけらが出てくるという。

《政府、治安出動を検討》

沖縄新聞はこのスクープをものにし、昨日の朝刊でぶち上げた。

先週は、地獄だった。

秋奈の地元部隊への「色仕掛け大作戦」は、あえなく門前払いで玉砕し、その後は、キーマンとされる副旅団長の香山要一佐をつかまえるべく、右往左往させられた。宮里から渡された写真を持って、駐屯地前で張り込み、尾行したが、撒かれてばかり。結局、何の貢献もできなかった。

女子力評価が地に墜ちたのはなんでもないが、実は秋奈は、このスクープに釈然としないものを感じている。

沖新は、「書かされた」のではないか。

ネタを取ったのは東京支社だが、口の堅い防衛省から、あまりに早々と情報を引き出している。この報道によって県民感情が尖《とん》がることは確実で、抗議活動はますます烈しくなるだろう。逆に考えれば、治安出動を正当化する口実が生まれやすくなる。それが政権内の治安出動に前のめりな連中の狙いだとすれば……。

いやいや……。

咳払いして、埒もない推測を頭から追い払った。

やはり、特ダネは素直に喜ばなくちゃいけない。そのお蔭で取材班には、臨時の〝強制休暇〟が与えられたのだから。

南城に来たのは、「琉球の王妃たち」の著者、恩納朱姫の息子に会うためだ。

畑の真ん中に、高々とそびえる赤銅色の給水塔が見えてきた。

鉄筋三階建ての立派な家屋。

ここだ……。

秋奈はレオを畑の脇に止め、首里出版で教えてもらった住所を確かめた。

呼び鈴を押すと、頭がバーコード状になった中年男性が出て来た。朱姫の息子、恩納国史だろう。息子の名前からして、朱姫の歴女ぶりがわかる。首里出版によれば、息子は南城市の市役所に勤めていたが、早期退職し、いまは畑いじりをしながら悠々自適の身だという。

「お待ちしてました」

国史が、眼鏡の奥でやわらかく目を細めた。きょう訪ねることは電話で知らせてある。好人物のようでほっとした。

座敷に通され、奥さんが冷たい麦茶と菓子を出してくれた。

「お尋ねのおふくろの本ですがね、もう、三冊くらいしか残ってなくて」

言いながら、国史が畳に置いた一冊の単行本を持ち上げた。

紅色の背表紙が見えた。「琉球の王妃たち」だ。

なんだか、恋人に会うみたいに胸がドキドキしてきた。探しあぐねた本なのだ。

「ありがとうございます。拝見します。ひと晩、お借りできれば」

「いえ、差し上げますよ。おふくろも喜ぶでしょう」

「そんな……」

しかし、本が差し出されたとたん、凍りついた。

その表紙。

「琉球の王妃たち」の表紙には、深紅の地に大きく黒い龍が描かれていた。跳ね上がった尾、鋭く尖った牙と爪。

「こ、これは……」

喘ぐような声が漏れた。阿久津に写真を見せられた「羅漢」の実物が、まさにそこにあった。白黒写真ではわからなかったが、龍の目玉は不気味な赤だ。

「どうかなさいましたか？」

国史が心配そうにのぞき込む。

「こ、この本は？」

舌がからまった。

「はあ、これが『琉球の王妃たち』ですが」

国史が不思議そうな顔になった。見れば表紙の上部に細い横書きのタイトルがある。

「でも、この表紙……」

「ハハハ。まったく、こんなおっかない表紙にするから、全然売れなかったんですよ」

「琉球の王妃たち」と「羅漢」は同じ表紙なのか？

「まあ、お読みになればわかりますが、この龍の絵は、最後の章のオキタキって王妃の話に出て来るものです。この本は何人かの王妃の話をオムニバスにまとめてましてね、オキタキはその中のひとりです」

オキタキ……。

聞いたことがない名前だ。

「実は、オキタキは、おふくろが発掘した王妃なんです。それがたいそう自慢でしてね。だから表紙もオキタキのエピソードから抜いたんですよ」

国史にうながされ、恐る恐る本を開いた。四六判のやや厚手の単行本。オギヤカやモモトフミアガリといった有名な王妃たちの名前があって、目次の最後に、「冊封使との恋——悲劇の王妃オキタキ」という章があった。

この冊封使が、博物館の照屋学芸員が言っていた羅漢のことなのか？

オキタキという歴史に埋もれた王妃が、冊封使として来琉した羅漢と恋に落ちた。恩納朱姫は、そのエピソードを発掘して本にまとめた。

しかし、この表紙は……。

「この龍の絵なんですが、どういう経緯でこの絵が表紙になったんでしょうか。同じ表紙の古文書があって、実はその本を探しているんです」

「ははあ……。そりゃまた……」国史が当惑した表情になった。

「この絵は、オキタキの話を教えてくれた人が持っていた写真を、まんま使ったんです」

「えぇっ！」

思わず、大声が迸った。

「冊封使録・羅漢」の写真を持っていた人物がいた。

「それは誰ですか！」

秋奈の勢いに、国史が面食らった顔になった。

「いや、その、あの……」

秋奈は真っ赤になった。

「いやいや、ご熱心ですな」

「写真を持っていたのは、中国の方ですか？」

「いえいえ、日本人です。沖縄の女の子」

「沖縄の女の子？」

意外だった。女の子……。

「アハハ」国史が笑いながら頭を掻いた。

「まあ、わざわざおいでくださったから、種明かしをしますとね、オキタキの章は、実はその女の子が語った伝承をまとめたものなんですわ」

「伝承？」

「ええ。昔からの言い伝えです。その女の子の家に代々、何百年も語り継がれて来たっていうんですよ。ハハ、本当ですかねえ」

何百年もの口伝……。

それがそのまま、「冊封使との恋——悲劇の王妃オキタキ」の章の中身ということだ。

「なぜ、少女が恩納さんにその伝承を？」

「うーん。私も詳しい経緯は知りませんがね、おふくろがその女の子に頼み込んだんですよ。彼女は、はじめは渋ったようですが、根負けしたというか……」

「少女とはどこで？」

「何度もこの家の書斎に来てもらって、そこでおふくろが長時間、話を聴いていたんです。私ものぞいたことがあってね。少女は古びたノートのようなものを持っていました。そこに古い手紙とか、書きつけみたいなものが貼ってありました。けれど、中身を諳《そら》んじているのか、少女はほとんど目を落とさず、流れるように、それこそ歌うように語っていました。メモを取るおふくろの手が追いつかないくらいに」

「で、表紙の写真も少女が持っていたと？」

「ええ。彼女によれば、その表紙の古文書は、幼い頃、自分の家にあったっていうんです」

「！」

驚きで、声も出なかった。少女は「羅漢」の持ち主だったということか。

「もっとも古文書自体は子供の頃にどこかに行ってしまって、写真が一枚だけ残っていたと。この写真、もともとはモノクロで、彼女の記憶を頼りに着色したものです」

額に、じっとりと脂汗がにじんできた。

「羅漢」は、戦後の一時期、その少女の家にあったのだ。それが何らかの事情で再び人手に渡り、紆余曲折を経て、ついに台湾人の冽丹の所有するところとなった。

これは決定的な新事実だ。もともとの所有者である少女は、現在の所有者である冽丹と、「羅漢」を介してなんらかのつながりがあった、或いは冽丹が持っていることを知り、取り戻そうとした、そう考えることもできるのではないか。

「それで、その少女はいまどこに？」

低く訊いた。自分でも目が光るのがわかった。

「それがねえ、わからんのですよ」

国史がゆっくりと首を左右に振った。

「その娘、実は可哀相な境遇でねえ。真栄原社交街ってご存じでしょ？」

「ええ」

「娘はそこで働いておったです。きれいな子でしたがね。あの頃、まだ、十六、七歳じゃなかったのかなあ。母親が亡くなって、身寄りがないらしくてね」

真栄原社交街は、普天間基地の近くにある、売春スナックが密集した場所だ。少女はそこにいたコールガールだった、と国史氏は言うのだ。

真栄原社交街は、秋奈も入社直後に一回、通りかかったことがある。しかし、宜野湾市当局の壊滅作戦で、二〇一〇年に消滅してしまった。

「おふくろも私ども夫婦も、手を差し伸べようとしたんですよ。金銭を援助して、学校にも行かせてやろうと。しかし、娘はなぜか頑なに拒みましてね。『琉球の王妃たち』が出た後も、ちょくちょくおふくろを訪ねて来たようですが、いつのまにか、どこかに行ってしまいました」

「その少女の名前は？」

ふふ、と国史が笑った。

「それがおかしくてね、その娘、自分でオキタキって名乗ったんですよ。自分はオキタキの子孫だってね。まあ、変わった娘でしたよ」

胸が詰まって、大きく息を吐いた。

オキタキを名乗る、真栄原のコールガール。

捜し出さなくてはならない、その少女を。

「琉球の王妃たち」が出版されたのは十年前だ。恩納朱姫が資料を集め、執筆していたのはそのさらに二、三年前だろうから、その頃十六、七歳といえば、少女は自分とほぼ同じ歳だ。

秋奈は、念を押すように訊いた。

「真栄原の少女も、当然、『琉球の王妃たち』を持っていましたよね」

「ええ、もちろん。おふくろが何冊か渡したと思いますよ」

国史が笑って答えた。

第四章

『まさに魔神の咆哮だ。

黒雲の裂け目から轟々と吹きおろす暴風は、茅葺の屋根をすべて吹きとばし、我が館の扉も窓も、あとかたもなく消えてしまった。豪雨が矢のように真横に吹きつけ、従者たちはみなびしょ濡れで、ただただ震えてうずくまるばかりだ。

こんな大風は見たことがない。

港に停泊中の封船は、どうなったであろうか。大洋にさ迷い出てしまったかもしれぬ。

いっそ……。いっそ、そうなればよいのだ。そうなれば、この身はこの地にとどまれる。

オキタキ。

汝はいかにしていよう。いかに堅牢な王府といえども、屋根は裂け、柱は折れ、汝の細身を、容赦なく風雨が叩いているのではあるまいか。

この身がひどくもどかしい。いまこそ、汝が躰を抱いて風雨の盾となるべきを。

「馬引けい！　馬引けい！」叫べども、ひとりとして従者はうごかぬ……』

これは「琉球の王妃たち」の最終章、「冊封使との恋——悲劇の王妃オキタキ」の中の一節で、来琉した冊封使・羅漢が台風に遭うくだりである。

このあと羅漢は、冊封使たちの宿である「天使館」から、ひとり小馬に乗って嵐の中に飛び出し、やはり豪雨の中を、羅漢を案じてさ迷い出ていたオキタキと出会う。ずぶ濡れの二人は固く抱き合い、熱い口づけを交わす。

秋奈は自宅のデスクで、「琉球の王妃たち」を読み始めている。

胸をドキドキさせながら頁を繰っている。

「悲劇の王妃オキタキ」の章は、若き冊封使、羅漢の、在琉中の私生活を描いた内容だった。ひょっとするとこの中には、古文書「羅漢」が書かれた理由や経緯が記され、尖閣に関する決定的な記述もあるかもしれない。

物語は、真栄原の少女が語った内容を恩納朱姫が書き起こしたものだが、市井の歴史家とはいえ、朱姫が少女の話を史実と信じたのは、話からだけではないはずだ。あれからその点を国史に訊いたら、朱姫と少女は二人で三度ほど、本島中部の万座毛《まんざもう》の近くに史跡を見に出掛けたという。

「掘込墓に行ったとか、洞穴《ガマ》に行ったとかって、おふくろは言ってましたな。詳しくは訊きませんでしたが」

一四七二年七月四日、羅漢は三百人を超える冊封使の一員として、那覇港に到着する。羅漢らは、王府と呼ばれる首里城にたびたび参内し、琉球王に拝謁する。

数か月の滞在だから、冊封使たちには女性も与えられたが、謹厳な羅漢は見向きもしない。

だがある日、参内した羅漢は、ひとりの美しい王妃に出会う。

『その黒きつややかな瞳。まるで湖面のような静けさで、我をじっとみつめている。我は魅入られ、声もなく立ちつくした。

いかほどの時間がたったことだろう。やがて王妃は静かに唇をひらいた。

「あなたが王になる。いつの日か、この琉球の王になる」

か細く小さな声であった。しかしその声は、わが身を雷のように貫いた』

やがて二人は密会を重ねるようになる。

オキタキは、「唐営久米村」という、琉球に住み着いた中国人技能者の村の出身だった。だから羅漢とも会話ができた。当時は役人が美しい婦女子を見つけると、拉致して王族に捧げたという。オキタキもそのひとりだったが、抜きん出た美しさゆえに、じきに側室として王族に迎え入れられた。

『わたくしは、ずっとずっと待っておりました。わが身を王府から救いだし、この国の呪いをといてくださるお方を』

ある日、オキタキは小舟を仕立て、羅漢を本島中部にある海際の草原、万座毛に連れて行く。オキタキは、ひろびろとした草原に立って羅漢に言う。

『いつの日か、あなたはここに国中の民をあつめ、王として高らかに宣言するのです。新たな楽園の国、新琉球の出で立ちを』

羅漢は深くうなずいた。オキタキはそのあと、馬に乗って、少し離れた鍾乳洞を羅漢に見せる。

『万座毛から南に、三里も走ったであろうか。切り立った崖下の、赤木の大木の根元に、四本の爪の龍が彫られた石扉があった。

扉を押しひらき、穿たれた穴にもぐりこめば、そこはひろびろとした漆黒の岩間であった。オキタキのもつ松明の光が、不気味な岩肌を照らしだす。

見あげれば洞窟の天井には、ツララのような尖った石がびっしりと生え、魔物の口中にいるようだ。オキタキは慣れた様子で、ごつごつとした岩道を進み、壁にかかった蠟燭に次々と火を点す。

やがて我らのまえに、小さな滝があらわれた。滝は、細くゆるやかに水をおとして、まるで優雅に輝く白絹のようであった。

「さあ……」

オキタキは滝の裏側に肩を入れ、我を誘った。

急にあたたかな風が、ふわりと頬をなでた。見れば天井の一角が裂け、淡く月光が差しこんでいる。

「ここがわたくしたちの、今宵の寝所にございます」

オキタキがゆっくりと、花がひらくように笑った。

見れば、滝の向こうには、細い流れに周囲をふちどられた、平たい楕円の岩間がひろがり、中央に柔らかそうな敷き藁がおかれている。

「ごらんください」

言うなり、オキタキが松明を岩間の中央に置いた。

と、しばらくして浮かびあがった光景に、我は息を呑んだ。

目のまえに、きらきらと輝く、満天の星があらわれたのだ。

「珊瑚石でございます」

珊瑚石という透明な石の欠片が、岩肌に無数に散らばり、そこに光が反射して、星のように輝いているのだ。

オキタキが敷き藁の上に立ち、身にまとった長衣をするりと払った。

白い裸身を、珊瑚石の輝きが照らす。

たおやかな肩、豊かな乳房、くびれた腰、細い脚、そして躰の中心にある黒いかげり……。

それは、夢幻の世界のなかに立つ、美神の塑像のようであった。

我は熱にうかされたように歩みよった。

オキタキの細い腕が、我を抱き、そのまま膝をついて敷き藁に横たえた。

オキタキの柔らかな躰が覆いかぶさり、垂れた乳房が頬をなでた。

花のような香りが我をつつむ。絹のような柔肌が、我が皮膚を目ざめさせる。我は夢中で乳首をすい、口をすった。

その極上の美酒のような味わいに、我の躰は甘くとけだす。

やがて我のうちに、獰猛な血がわきいでて、オキタキを骨がきしむほど抱きしめた。狂ったように、肩先を噛み、腹をなめ、股間にしたたる蜜をすすった。

オキタキのあえかな声がながく尾をひき、洞穴の中で反響する。

誰もいない、二人だけの空間。

我らは、一切の羞恥を捨てさり、ただの二匹のけものとなって、躰をつなぎ、精をはなち、愛撫をかさね、朝の光が赤々とたがいの肌を照らすまで、飽くことなく交わり続けた』

二人はその後もたびたび鍾乳洞を訪れ、濃密なときを過ごす。

オキタキは、王族の側室のひとりであったが、当時の王朝に、憎しみに近い反感を抱いていた。

羅漢たちが来琉する少し前、琉球ではクーデターが起きていた。一四六九年に若い尚徳王が死去すると、老獪《ろうかい》な臣下の金丸《かなまる》が世子を退けて即位、尚円王《しょうえんおう》を名乗った。尚徳王一族は女子供を含め、大半が殺された。

オキタキは逢瀬のたびに、尚円がいかに暴君で、民を苦しめているか、切々と語る。

『「尚円は、尚家の血筋と偽り、明をだまして冊封を受けようとしている奸人《かんじん》にございます。

奸人が善政をおこなう道理がありませぬ。現に民の日々の食事は飯一、二碗で、やっと飢えをみたすにすぎませぬ。朝貢で得た利益は、すべて王族の奢侈のために浪費され、国のいしずえを築くことにはまわりませぬ」

確かに、琉球の民の貧しさは、中国の辺境の地に等しい。

「前王一族がみな殺しにされたいま、王家の血筋は絶えました。この上は、あなたが琉球の王となり、民に富と希望をあたえるのです」

我はオキタキに約束した。

「血筋を偽って冊封を受けんとするは、まさに天子をあざむく大逆の罪。我は正使・官栄様に、冊封をやめるよう具申いたそう」』

しかし、冊封正使の官栄は、羅漢の進言をやんわりと却下した。「愚昧な官栄の脳内にあったのは、冊封の儀式を果たして、早々に帰国することだけであった」と、恩納朱姫は記している。

羅漢は諦めなかった。琉球の隅々に足を運び、琉球王朝の武器の種類や量、兵の数や配置、港や城塞の構造、交通網などを調べて回る。明に帰還したのち、北京の王朝に尚円の悪政を訴え、兵を送って攻め滅ぼし、自らが琉球の為政者になろうと目論んだからだ。

羅漢が書いた「冊封使録・羅漢」は、いわば、軍事偵察録のようなものだったのだ。尖閣諸島が琉球の支配下にあったことを示す記述も、彼のこうした探訪の結果から出て来たものかもしれない。

羅漢は異様ともいえる執念で琉球の軍備を調査し、そのかたわら、鍾乳洞の「珊瑚石の間」で、オキタキと琉球の未来を語り合う。

新しい国を造る。

それがいつしか、二人の夢となっていた。

羅漢たち冊封使の帰国は、十月末と決まった。二人は再会を誓って、互いの二の腕に龍の刺青をほどこした。


『我らが腕の二匹の龍が、ふたたび接吻を交わすとき、珊瑚の石が輝きいでて、我らが夢は果たされん』


羅漢はそう言い残して封船に乗り込み、那覇の港をあとにした。

明に帰還した羅漢は、琉球の兵力を書きつけた「羅漢」の版本を用意して陸路北京に向かい、明王朝に「尚円討伐」を建議する。

しかし、彼は皇帝の逆鱗に触れてしまう。武力で他国を攻めることは、当時の「朝貢外交」の方針に反したからだ。

羅漢はその場で斬殺され、「羅漢」の版本はすべて燃やされた。

白刃は、羅漢の躰をなますに刻み、両腕を切り落とした。

だが、切り離された彼の右手は、ひとつの木箱をつかみ続けた。「羅漢」の原本が入った白木の箱を。

《渡さない……》

羅漢の最期の言葉には、彼の無念が込められていた。

琉球に残ったオキタキはどうなったのか。恩納朱姫は書き記す。羅漢の子を身ごもり、彼の死を次のように知った、と。

『冬の好日。紺碧にひろがる海原のかなた、うすく曇った青灰色の空に、オキタキは不思議な輝きを見た。

太陽は薄い雲に覆われて弱い光を発し、その周囲をぐるりと取り巻く、巨大な白い輪が浮かんでいた。白い輪は、それ自体がきらきらと明るく澄んだ光を放ち、あたかも神のように下界を見おろしていた。

凶事を告げる白虹であった。

オキタキの躰が慄え、血がひいていった。

あのひとが死んだ……。

瞼にはっきりと、血にそまった羅漢の姿がうつった。

茫然と見ひらかれた瞳からは、一滴の涙もでなかった。

ただオキタキは知った。

すべてが終わったことを。愛も夢も……』

秋奈は「琉球の王妃たち」を閉じた。

興奮で躰が熱かった。

ここに描かれていたのは、まさに「羅漢」が書かれた動機と経緯、そして著者、羅漢の生涯だった。

「羅漢」の持ち主だった冽丹にとって、この内容は興味深いものだっただろう。彼は「琉球の王妃たち」を求めて沖縄に来たのではないか？

「王妃たち」をダシに冽丹を呼び寄せたのは誰だろう？　真栄原の少女の可能性も、別の人物が介在した可能性もある。いずれにしても、少女はきっとなにかを知っているはず。

秋奈はいても立ってもいられない気持ちで、レオを飛ばして「真栄原社交街」の跡地に向かった。

「違法風俗取締り実施中」という張り紙がしてある電柱の脇に車を止めて、路地にさ迷い出た。

真栄原社交街は、かつて、百軒以上の売春スナックが密集し、欲望に目をぎらつかせた男たちと、濃い化粧の女たちで、昼夜を問わず路地が埋まっていたという。

だがいまは、シャッターを下ろした、空き家のような家屋が並び、大きなカバーで入り口をすっぽり覆って、ロープで縛った店も目につく。

立ち止まって、ゴーストタウンと化した路地を眺めた。

風が吹いて、色あせた幟がゆれた。〈核兵器は沖縄から出ていけ！〉……。

かつてここに、五百年も前の、羅漢とオキタキのエピソードを語る少女がいた。

オキタキと名乗ったこと以外、名前も、働いていた店もわからない、謎の少女。いまは自分と同じくらいの年齢になっている女。

路地を進むと、一軒だけ、奥に人影が見える店があった。

ガラス窓に、「十五分コース五〇〇〇円、六十分コース一万円」と、ピンクの蛍光塗料で書かれた、掠れた文字があった。以前はその類の店で、いまは細々とスナックを営業している、といったところか。

「すみません」

と、ガラス戸を開けた。

髭面の、三白眼の男が、ジロリとにらんだ。

「十年くらい前、真栄原で働いていた女の子を捜してるんです。オキタキって自分のことを呼んでいた娘なんですが……」

男は面倒臭そうに首を左右に振った。

「そんなの、わかるわけないさあ。ここの女は、みーんなどこかに行っちまったさ。いまは、フィリピンの娘がときどき来るだけさあ」

秋奈は唇を噛んだ。

真栄原にいた女たちの消息をたどるのは難しい。でも、捜すのだ。かつてここにいた少女を。

＊

間接照明が柔らかく店内を照らしている。

市の中心部から離れたこのバーは、いつも静かだが、今夜は一段と客が少ない。米軍司令官暗殺後、取り締まりが厳しくなって、沖縄の盛り場はどこも火が消えたようだ。

きょうの朝刊で、沖縄新聞は、またも琉日に抜かれた。

《米司令官射殺、本部長殺しと同じ銃》

女子高生事件の情報操作のときと同じく、一面を真横に貫く大見出し。両事件の弾丸の線条痕が一致した。米軍司令官と県警本部長の射殺が同一犯によるものであることが確実になった。

大騒ぎの編集局の片隅で、秋奈は躰が冷えていくのを感じた。

「オスプレイの撃墜、県警本部長、米軍司令官の暗殺。あなたは、いま沖縄で相次いでいる異変を、不自然な連鎖とは思わないか？」

阿久津の言葉が頭の中で渦を巻いた。少なくともふたつの暗殺については、彼の言ったとおりになったのだ。

この報道のせいなのか、堀口和夫が現れたのは、約束の時間を大きく遅れ、午前零時を回っていた。ライトの光に浮き上がった顔を見て、秋奈は目をみはった。

青黒くむくみ、目の下に大きく隈が浮き出して、煮崩れた小芋のよう。

「ど、どうしたの？」

「いや、もう……」

腰を下ろすなり、堀口がふう、とため息をついた。肩で息をする感じで、頼りないことさわまりない。

「けさの琉日のせい？」

「それもある。だが――」

じろりと秋奈をにらんだ。

「その前の、おたくの新聞がブチ上げた治安出動もデカい。おかげで本部長がピリピリだ」

「なるほど……」

新任の県警本部長が猛烈という噂は、秋奈も聞いている。憐れ堀口、その被害者というわけだ。都落ちして、なおこの苦境。つくづく運のないひとだ。

「アキちゃん。きょうは、ぜーんぶ、オフレコ、春奈の妹と呑む。それでいいよね」

死にそうでも、やはり官僚、記事にするなよと、きっちり釘だけは刺してきた。

「もちろん！　当たり前でしょ」

ちょっと怒ってみせ、白ワインのボトルを持ち上げて、堀口と自分のグラスに少し注いだ。

「お姉ちゃんに、献杯」

「春奈に……」

堀口も静かにグラスを挙げた。

つかの間、無言の時間が流れた。

秋奈はぎゅっと目をつむった。急に、堀口を見ているのが辛くなった。姉を失い、長く心に空洞を抱えたままで、いま、見知らぬ土地で苦労している。

本当なら、堀口は義兄になっていたはずなのだ。このまま二人で姉を偲んで静かに酒を舐めていたいと思った。

だけど……。

小さく首を左右に振った。いまは、大事な時間なのだ。

阿久津に会ってから十日経つ。ひとりでやるのはもう限界だ。まず、真栄原の少女の捜索に協力を仰がねばならない。洌丹事件について意見が聞きたい。暗殺事件ももっと知りたい。それに、オスプレイ撃墜の真偽も、県警の幹部ならなにか知っているかもしれない。

「このワイン、おいしいからガンガン呑んでね！」

秋奈は明るく声を上げて、湿った空気を振り払った。堀口のグラスに今度はなみなみと酒を注ぐ。

「うーん、沁みるなぁ」

堀口が喉を鳴らしてグラスを干した。

姉の言葉を思い出して、ついクスリと笑ってしまった。

以前、姉が心配顔で言っていた。

「ダメなのよね、あのひと。お酒呑むと、すっかり陽気になっちゃって、おっちょこちょいだから口が軽くなっちゃうの」

そう、姉と話すと、「ダメなひと」は堀口の枕言葉みたいだった。

堀口はストレスのせいなのか、餓《かつ》えたようにがぶがぶ呑む。秋奈、どんどん注ぐ。早くも二本目だ。

「で、射殺事件の線条痕の話、県警はいつ知ったんです？」

ようやく話を切り出した。

「つい一週間前さ。司令官の射殺は基地内だから、捜査権はアメリカにある。米軍め、こっちからは情報を取るくせに向こうからはなかなか出さない。先週、遅ればせながら照会してきて、一致がわかった」

「犯人像は？」

「我が桐島本部長の見立ては、極左の過激派組織。是が非でもホシを挙げろって血相変えてる」

「仲間の仇討ちには執念を燃やす、警察の習性よね」

「まあね。でも、それだけじゃない。反米活動の封じ込め以外に、桐島さんがほしいのは、もう一丁、とどめの一発。本部長と司令官殺しのホシを挙げれば大金星、次期警備局長の椅子は文句なしだ」

「結局、そこか……」

「気の毒なのが刑事部長さ」

「大城刑事部長ね。いい人よね。一課担のときお世話になったわ」

刑事部長は県警の捜査部門の責任者だが、同じ部長でも堀口とちがい、叩き上げの大城は、すでに五十代後半だ。

「その大城さん、毎朝毎晩、桐島めに部屋に呼ばれてガンガン怒鳴られている」

「ホシを挙げろって？　最低……」

お土産つきで本庁に戻せ。桐島に限らず、それが警察キャリアの本心だと聞いたことがある。嫌らしくてムカムカする。

ワインも三本目が残り半分になった。そろそろ本題に入ろう。

「で、阿久津の話ですが」

「うん」

グラスを置いて、堀口を見つめた。

県警の幹部とはいえ、オフレコの席、しかもいわば身内同然の間柄だ。もしなにか知っているのなら、ヒントくらいはくれるだろう。

秋奈は声を潜めた。

「妙なこと言ってました。オスプレイは事故じゃない、撃墜されたって――」

「はっ？」

ほんの一瞬、〇・五秒、虚を衝かれたように堀口の頬がゆがんだ。だがすぐに、さもおかしそうに呵々《かか》と笑った。

「アハハハ。そりゃ確かに、妙だな。撃墜なんて無理だろ。オスプレイは鉄の塊。ハトみたいに鉄砲玉じゃ落ちないいんだから」

「ですよね～、アハハ」

秋奈は口だけで笑った。

ウソだ。ウソをついている。一瞬みせた頬のゆがみ、そのあとのわざとらしい高笑い。役人が隠蔽を図ろうとする、典型的な反応だ。

ウーン！

小さく唸って、ワインを一口がぶりと呑んだ。

身内の情でヒントのひとつもくれるかと思ったが、見事に当てがはずれた。姉が言っていたほど、堀口は柔《やわ》じゃないということか。

でも、あの表情。県警は知っていると考えて間違いない。オスプレイは、阿久津の言うとおり、撃墜されたのだ。

「その他にも阿久津は――」

さりげなく話題を変えて、秋奈は、阿久津が語った内容を詳しく説明した。さらにこれまでの自分の調査の内容、冽丹が「琉球の王妃たち」を持っていたこと、その本は「羅漢」成立の経緯が書かれたもので、真栄原の少女が口述したことなども伝えた。

「どう思います？」

堀口の顔をのぞき込んだ。

「ふーん……」

堀口が思案顔で、グラスの柄を撫でた。

「わたしは、真栄原の少女自身が沖縄に冽丹を呼び寄せたんじゃないか、そんな気がするんですけど」

「少女が冽丹殺しの犯人だと？」

ぐっと眉根が寄った。

「その可能性も否定できない、と……」

「いや……俺はそうは思わない」

思いのほか、強い口調だった。

「どうして？」

「『羅漢』のことは極秘だ。しかも冽丹が『羅漢』を持っていることなど秘中の秘、政府の中でもごく限られた人間しか知らない。真栄原の少女が知り得た可能性は少ない」

「じゃあ、犯人は機密を知ってる政府高官ってこと？」

「まあ、それもないだろう」

堀口が苦笑した。

「政府の中で、『羅漢』や洌丹のことを知り得るのは、一体、どれくらいのレベルなの？」

「まず、首相官邸の中枢、官房長官の周辺だな。それと、外務、警察、防衛の官房長より上の幹部。自衛隊では、市ヶ谷の幕僚長たち、そんなところだろう」

「じゃあ、政府高官の他に、『羅漢』のことを知り得る人物って、考えられるの？」

「うーん」堀口が腕を組んだ。

「そうだなあ。強いて言えば、沖縄県知事が聞いているかもしれないな。一応、尖閣は沖縄県だからな」

「安里知事が？」

「いや、『羅漢』が出たのは五年前だから、安里の前任者だ。安里に伝えられたかどうかはわからない」

「フン」

「それと、魚釣島事件の後処理に当たった地元の自衛隊の幹部は知っていたかもしれないな」

「第十五旅団の幹部ね」

「いや、でも、やっぱりどうかな。超トップシークレットだからなあ」

「なら、話が振り出しに戻っちゃうじゃない。高官以外に洌丹のことを知る人間はいないってことになってしまう」

　秋奈は頬をふくらませた。

「可能性としては……」

　堀口が考える目つきで、グラスに残ったワインを呑み干した。

「秘密は、漏れることがある」

「漏れる……。そっか！　政府高官が、誰かに冽丹のことを漏らした！」

「うん」

「なーるほど」

「それより、気になるのが阿久津の動きだ。彼は、冽丹殺しの犯人が、県警本部長と米軍司令官の暗殺犯だ、そう言ったんだな」

　堀口が念を押すように訊いた。

「ええ、言ったわ。でも、あくまで可能性のひとつだって」

「アキちゃんと阿久津が会ったのは十日前。線条痕の一致が判明したのが一週間前だ。つまり、阿久津は銃が一致する前から、本部長と司令官の暗殺を同一犯と見ていたことになる」

「確かに……」

「しかも、冽丹殺しをも結びつけている。これは相当ぶっ飛んだ見立てだ。なんらかの根拠がなければ、そんな荒唐無稽なことを言うはずがない」

　堀口の表情が見たこともないほど引き締まっている。

「そう言えば、阿久津は冽丹殺しについて警察と話してないのよ。犯人の指紋とか遺留品とか、捜査の一次情報は警察が持っているのに。どうしてかな?」

「つまり、阿久津たちは警察の捜査情報を必要としていないってことだ」

「どういうこと?」

「おそらく、阿久津たちは、すでに犯人の目星をつけている。だから、捜査情報も要らないし、ふたつの暗殺も洌丹殺しも同一犯と言えたんだ」

「まさか! だって、洌丹が殺されてから、まだ一か月とちょっと——」

「たぶん間違いない」堀口が遮った。

「阿久津たちは、洌丹の機密を知る政府高官について、人数も人名も正確に把握している。どの高官が誰に漏らしたのか、当たりをつけることはさほど難しくない」

「そこまで把握してるかな?」

「してるな。『羅漢』捜索の特命チームだったら、情報は全部握っているはずだ」

「でも、その考え、おかしいわよ。だって犯人を割り出したのなら、さっさと捕まえるはずじゃないの」

「阿久津たちの任務は、犯人逮捕じゃないんだろう。『羅漢』の奪還だ。おそらく彼らはいま、犯人を泳がせ、『羅漢』のありかを突き止めようとしている。ありかを特定するまでは犯人には触らない。下手に手を出して『羅漢』を灰にされたら、元も子もないからな」

「……」

秋奈はつかの間、言葉を失った。

だとしたら、阿久津はすでに会ったときから、洌丹殺しの犯人を知っていたことになる。

「チンピラに絡まれて殺されたのかもしれない」と言った阿久津の顔が浮かんだ。

「じゃあ、わたしに口止めしたのは？」

「騒がれたら、『羅漢』がさらに奥深く隠される、そう危惧したからだ」

「『羅漢』の史実の中身を言わなかったのは？」

「阿久津は、魚釣島のことを明らかにするつもりなんか、さらさらない。政府が一億ドルを騙し取られた大チョンボだ。たとえアキちゃんが記事にしても、頑強に否定する。けど、もし『羅漢』を公表する前に、キミが極秘であるはずの史実の中身を知っていたら、記事に一定の信憑性を与えてしまう」

くっ、と、奥歯を噛んだ。

阿久津が、明け方の人目につかない時間を選んだ理由が、ようやくわかった。初めから、面談そのものを否定できるようにしていたのだ。ことが決着したあかつきには、なにもかもお話しする、その約束も、もちろんウソだ。

おそらく、ウソをつくことは阿久津にとって罪悪でもなんでもない、ただの戦術なのだ。綿密に策謀をめぐらし、あらゆる手を使って目的を遂行する。それが政府機関で働くエリートたちの世界なのだろう。

目を上げてチラリと堀口を見た。この人も、その世界の住人……。

急に、阿久津の言葉が生々しくよみがえった。

「『羅漢』を手にした者は、日本と中国、いや、アメリカさえも手玉に取れる。そんな強力な武器が、もし邪悪な連中の手に落ちたらどうなる？」

そうだ、いまは腹を立てている場合じゃない。犯人は狂ったテロリストで、強奪した「羅漢」を使って、さらになにかを企てている。

堀口にきっかり目を向けた。

「で、堀口さんは、どうするの？　いまの話が事実とすれば、犯人は野放し状態。警察が力ずくでも阿久津に協力させないと、もっと大きなテロが起きるかも」

「うん……」

堀口が視線をそらして腕を組んだ。

「だが、たぶん俺が訪ねても阿久津は会わないだろうな。徹頭徹尾秘密主義、全部自分たちでやるつもりだ」

「阿久津たちは、もし次にテロが起きて、沖縄で多くの犠牲者が出てもいいと思ってるわけ？」

「そうだろうな。まあ、一五〇〇兆円の資源と天秤にかけりゃあ……」

「んな、ムチャクチャな！」

「彼らは軍だ。命令以外のことは考えない。そういう人間たちなんだ。阿久津に協力させるのは、まず無理だ」

「じゃあ、どうするの？」

「県警の独自捜査でホシを挙げる。それしかないだろう。犯人捜しは警察の仕事だ」

「さすが！」

とは言ったものの、大丈夫かな……。

「犯人は、政府高官と接点がある。機密を知る高官の数は少ない。この線からホシをたどる。

俺はあすにも刑事部長と話す」

「政府高官と接点のある人物……。わたしも調べるわ！」

秋奈は弾むように言った。


翌々日の日曜日、秋奈は午前九時に出社した。沖縄独立の是非を問う、県民投票が実施されるのだ。

大勢の判明は深夜で、午前中は編集局はのんびりムードだった。だが、昼を過ぎたあたりから、秋奈たちは徐々に緊張に包まれていった。

投票率が異様に高いのだ。

投票所には、朝から多数の県民が詰めかけ、行列ができる会場が続出した。

出口調査が進んだ夕方頃には、編集局は騒然となり、非番の記者も招集された。去年の世論調査ではたかだか四パーセントに過ぎず、事前の予想でもせいぜい三〇パーセント超と見られていた独立支持が、ぐんぐんと、異様な伸びをみせているのだ。

午後八時、投票率は最終的に八二パーセントという高率になり、出口調査の結果は、独立支持が四九％と、不支持と伯仲した。

調査結果には誤差が生じる。万が一、独立支持が過半数を超えたら……。

秋奈たちは固唾を呑んで開票を見守った。

まさに脳天をブチ抜く結果が出たのは、深夜零時を回った直後だった。

独立支持が五〇・三パーセントと、僅差ながら過半数を超えたのだ。

日本列島を衝撃が貫いた。

秋奈たちは号外と翌日の紙面の変更に追われ、テレビが一斉に特番を流し、政府与党は震撼した。

先日の沖縄県との話し合いで、政府は、県側が出していた三つの条件、①オスプレイの飛行禁止、②普天間基地の使用停止、③辺野古基地の建設中止を、ことごとくはねつけた。

女子高生の殺害、情報操作、オスプレイの墜落に加えて、沖縄の要求を歯牙にもかけない国の態度に、県民の怒りは、マスコミの予想をはるかに超えていた。

県民投票の結果に法的拘束力はない。だが、日本との決別をも辞さない、強烈な民意が叩きつけられたショックは絶大だった。

政府はただちに「今後も沖縄県民の感情に一層配慮し、沖縄の発展に努めていく」との緊急声明を出した。県庁も「より強く、政府に政策の見直しを求めていく」という安里知事のコメントを発表した。

＊

月のない暗夜だった。

辺りは森閑と静まり、耳を澄ませば、遠く潮騒の響きが聞こえてくる。

沖縄本島の中部、名護市辺野古の集落は、米軍の「キャンプ・シュワブ」から車で数分の距離にある。

県民投票で独立支持の結果が出た三日後の午前三時。集落の片隅にある、さびれたバーの扉が音もなく開いた。

泥酔した米兵が薄く目を向けたとき、扉の際に、長身の黒い影が立っていた。

沖縄新聞と琉球日報が大量の号外を発行し、テレビが一斉に緊急特番を組んだのは、翌日の昼前だった。

辺野古のバーが銃撃され、米兵四人が死亡した。

キャンプ・シュワブ内の駐車場でも爆発があり、ジープ二十数台が燃えた。

米軍を狙った同時テロである。

アメリカの怒りが限度を超えるのは確実だった。号外は、人々が奪い合い、あっという間になくなった。

＊

轟々と地響きを立てて、迷彩色の軽装甲機動車の一群が、秋奈の眼前を通り過ぎる。その後ろには、前照灯をカッと点した軍用トラックの長い車列。

一夜にして、街中がカーキ色に染まってしまった。治安部隊の制服の色に。

七月三日。辺野古で米兵が射殺されてから五日後、政府はついに自衛隊の治安出動に踏み切った。

安里知事が出動要請を拒否したため、総理大臣の牧洋太郎が直に命令する形となった。

街角という街角には、小銃を持ち、拳銃をぶら下げた自衛隊員が、四人ひと組となって立っている。

場所によっては路上に機関銃が置かれている。

いたる所で検問が敷かれ、道路は拒馬《きょば》と呼ばれる鉄製の車止めや有刺鉄線の束で寸断され、軍用車両が止まっている。

自家用車は少し進んでは停止させられ、また少し進んでは止められて、免許証の呈示を要求され、行き先を質問される。

「小銃ってえのは、一秒間に一〇発以上の弾が飛び出す。撃たれりゃ躰はバラバラさあ」

と、年配の記者が言った。

自衛隊の威圧感は、警察とはまるで違う。みんなビクビクして、目抜き通りの国際通りを歩く人の数も目に見えて減った。

治安出動に先だって、首相の牧洋太郎が会見した。

「日米同盟が危機にさらされています。日本の安全保障の根幹がゆらいでいます。これ以上、アメリカの将兵に危害が及ぶことを防がなくてはなりません」

「沖縄の米軍基地は広大で、警察力だけでは警備し切れないのが実情です」

「この出動はあくまでテロリストの脅威から米軍を守るためのもので、沖縄県民の行動を規制するものでは一切ありません」

テレビ画面の牧を見ながら、ウソだ、と秋奈は思った。

現に、基地反対派の拠点がある辺野古の一画は封鎖され、治安出動に抗議する県民の集会は、常に治安部隊が遠巻きに囲んで威圧している。

米軍を守るためなら、基地の周辺だけを囲めばいい。街中に展開する必要がどこにある？

秋奈の疑問には、全国紙の記事が親切に答えてくれる。

《米軍兵士の三〇パーセントは基地の外に家を借りていて、街中に住んでいる。治安部隊が街に展開するのはそのためだ》と。

そんなこと、あんたらに言われなくても、沖縄県民なら全員知っている。

若い米兵は基地内の官舎を嫌がる。二等兵でも月々最低一六万円の家賃補助を受けるから、沖縄では高級アパートが借りられる。その結果が三〇パーセントの基地外居住だ。

だが、本当に米兵の安全を最優先に考えるなら、彼らを基地に戻して住まわせるべきだ。司令官が基地内で殺されたとはいえ、街中よりははるかに安全で、警備もしやすいはずなのだ。

治安出動が決まってから、全国紙はほとんどが政府を代弁する御用新聞になり下がった。

政府が市街に治安部隊を展開させる真の狙いは、やはり県民への威圧だ、と秋奈は思う。これ以上の基地反対は許さないぞ、という無言の威嚇だ。

沖縄経済も大きな打撃を受けている。

政府は自衛隊機の使用のため、那覇空港の発着便数を制限し、港の使用も規制した。旅行客は激減し、物資の輸送もままならず、商業も製造業も停滞している。

「これじゃあ、まるで兵糧攻めさあ」

「鉄砲と兵糧攻めで、ヤマトに服従させる気さあ」

普段は観光客でにぎわう公設市場の大食堂も閑散として、職員たちがテレビを観ながら、そうつぶやき合っている。

「また戦争になるさあ」

と、年寄りたちの中には沖縄から逃げ出す者も出て、フェリー乗り場は満員だ。焦って船に乗ろうとした老人の一群が海に転落する事故も起きて、テレビがコメディタッチで取り上げていた。

秋奈は沖縄の人間ではない。それでも思う。

政府のやり方は汚い、と。

日米同盟の危機を、沖縄を抑えつけるために最大限利用している。

情けないのは県知事の安里だ。

治安出動に際しても、通り一遍の抗議声明を出しただけで、首相官邸に乗り込むでもなく、反対運動の先頭に立つわけでもなく、県庁の奥に引きこもったままだ。

沖縄世論はすでに安里を見限り、反中央色が鮮明な、古武士のような風貌の県会議長に期待をつないでいる。治安出動のあと、県議会は猛烈な抗議声明を何度も出し、議員たちは党派を超えて、抗議集会の先頭に立っている。

脳裏に、オスプレイが墜ちたあと、十万の群衆で埋め尽された宜野湾海浜公園の光景がよみがえった。

あの巨大な怒りのエネルギー。

もし、マグマが噴火したら……。

秋奈には、政府の思惑どおり、このまま沖縄がすんなり服従するとはとても思えない。いつか、なにかが起きる。七月の暑熱が殺気を孕《はら》んでいる気さえする。それに、もしこの機に乗じて、「羅漢」強奪の犯人が大きなテロを引き起こせば……。

堀口と話してから、秋奈も独自に犯人捜しを始めたが、思った以上に難航している。まず、洌丹のことを知り得る政府高官のリストを作った。高官の数は二十名程度。犯人は、県警本部長が集会に現れることや、米軍基地内の様子を知悉《ちしつ》していたことから、沖縄の在住者の可能性が高いというのが堀口の見方だ。それでも高官たちと接点を持つ者はかなりの数にのぼった。沖縄選出の国会議員、県庁の幹部や県会議員、財界人、警察、自衛隊、マスコミ関係者……。

真栄原の少女についても、いまだなにもわからない。恩納国史には、手がかりになるようなものを探してほしいと懇請してあるが、まだ連絡はない。南条も音信不通のままだ。なんの進展もなく、すべてが行き詰まった状態で、時間だけが空しく過ぎて行く。治安出動の緊迫の中で、黒々とした不安が焦燥に変わり、秋奈は歯をきしませた。

＊

「五年前の、魚釣島遭難の処理に当たった第十五旅団の幹部ですが——」

県警の殺風景な一室で、刑事部長の大城喜一が言った。

「士官らの中でいまも沖縄にいるのは、副旅団長の香山要一佐ただひとりです」

「ふーん」

堀口和夫は腕を組んで、正面の浅黒い顔を見つめた。

叩き上げの大城は、銀髪の五十六歳。小柄だが、剽悍《ひょうかん》な風貌で、県警の部長連の中で断トツに人望が厚い。離島の駐在所の巡査の名前まで、全部記憶している男なのだ。その上、沖縄は地縁血縁が濃密な土地柄で、大城の年齢になれば、そこからの情報も豊富だ。

秋奈から阿久津の話を聴いて三週間経つ。

あの翌日、大城に冽丹殺害と「羅漢」のこと、阿久津たちの動きを伝え捜査を頼んだ。

治安出動の応援に加えて、前本部長の射殺、辺野古での米兵の銃撃と、県警の捜査一課はてんてこ舞いだ。オスプレイの撃墜はまだ極秘で、司令官とキャサリン・バーネットの殺害は米軍が捜査しているが、アメリカは強く捜査協力を求め、そっちにも大量に人を出している。それでも大城は、密かに五人の捜査員を割いてくれた。

「副旅団長か……」

大城の言葉を繰り返した。その立場なら遭難の真相は知り得たかもしれない。

「それにしても、長い在任ですね」

「ええ。沖縄には七年も。特例でしょう」

大城がファイルから紙片を抜いて差し出した。香山の顔写真だ。

細く切れ上がった両眼に、そぎ落としたような頬。鋭角的な、いかにもやり手の顔つきだ。

「香山一佐は堂本防衛次官の直系だそうで、それで認められていると」

「堂本次官……」

堀口は香山の写真から目を上げた。

防衛次官なら、冽丹が「羅漢」の持ち主で、五年前の脅迫事件の犯人であることを知っている。

「香山はなかなかの曲者でしてね」大城が苦笑した。「防衛大を首席で卒業した秀才らしいですが、十年ほど前、中国のハニートラップに引っかかりまして。飛ばされて腐っていたところを、堂本次官に拾われた、ということです」

「ハニートラップねえ……」

香山は中国と因縁がある、ということだ。

「ですが、いまのところ、奴に不審な動きは見られません。香山の行き先は、基地と官舎と『王宮』、この三つだけです」

「王宮？」

「辻にある高級料亭です。そこの女将が香山の女です」

「女の素性は？」

「詳しくはまだ。氏名は外間《ほかま》りえ。おそらく偽名でしょう。『王宮』の所有者は那覇市内の資産家ですが、これもダミー臭い」

素性不明な香山の女。

秋奈が言っていた「真栄原の少女」のことが、ちらりと頭をよぎった。

「香山には、不審な尾行とかがついてませんでしたか？」

本ボシなら阿久津たちが監視しているはずだ。

「いや。まだそこまで確認は。いかんせん、捜査員の数が……」

「でしょうね」

「それに――」大城がゆっくりと銀頭を傾げた。

「幹部自衛官がテロに関わっているというのは、いくらなんでもちょっと……」

「確かに」

堀口もうなずいた。

「やはり、左派勢力を当たるべきでしょう。中国や北とつながりがある議員やマスコミ。その中で政府高官と接点がある者……。いま、数名の県議の身辺を洗わせています」

「まあ、やはり、そっちの線かもしれませんね」

刑事部長は捜査の専門家だ。ここは任せるしかない。

「そろそろ本部長に……」

大城がわずかに顔をしかめて言った。嫌悪感がにじんでいる。酷い目に遭っているのだ、無理もない。

「ええ」

堀口も渋い表情でうなずいた。

一連のテロにつながる重要案件だ。捜査チームを拡大しなければならないが、治安出動で面目丸つぶれとなり、皮一枚で首がつながった桐島は、挽回のために、これまで以上に本部長殺しの犯人逮捕に血眼になっている。桐島は、下手人は極左の過激派集団という見立てだ。自信家の桐島が、捜査方針の転換をのむかどうか……。

秋奈に、南条からメールが届いたのは、同じ日の深夜だった。
ベッドの脇でチリンと着信音が鳴り、発信者を見たとたん、きゃっと声を上げた。
待ちに待った返信だ。急いでスマホのメールを開いた。

「山本秋奈さま。
何度もメールをもらい、ご心配をかけたようです。
阿久津の尾行がウザいので、カネが尽きるまでと、アメリカをぶらつき、一昨日、帰国しました」

ああ、よかった！
笑みが湧き上がってきた。

「阿久津に会い、姉上のこと聞かれた旨、了解しました。しかし残念ながら、阿久津はやはり、肝心なことを話していない」

阿久津にはまだ隠しごとがあるのか。

「魚釣島から戻った後、私も阿久津に『羅漢』のことを訊き、自分でも調べました。

実は、『羅漢』には、古い言い伝えがある。故宮に収蔵されるまでの何百年間か、『羅漢』は北京の周辺を人の手から人の手に流れ続けた。その間に伝わったものです。

〈呪書の行くところ、必ずや血の雨が降る〉

〈『羅漢』の呪いが満ちたとき、惨劇が起き、空に白い虹が出る〉

貴女は、おそらくこうした伝説の類を愚かな迷信と信じないだろう。しかし、私は信じる」

秋奈の顔から笑みが消えた。南条のことがまた心配になってきた。

「私がいつ信じたのか。これは、いままで誰にも言わなかったことだが、魚釣島で爆発を見たときです。

そこは、まさに地獄だった。焼けただれた密林に、肉片が散らばり、異様な臭気がたちこめていた。

私は恐怖にかられ、空を見上げて泣き叫んだ。そのときだった。上空に白い虹を見た。はっきりと見た。太陽をぐるりと囲む、真っ白な輪だった。

〈『羅漢』の呪いが満ちたとき、惨劇が起き、空に白い虹が出る〉

伝説のとおりだった」

白虹……。

秋奈は口の中で反芻した。

「琉球の王妃たち」の中にも出て来た。王妃オキタキが羅漢の死を知る場面だ。


「秋奈さん。

私がなぜこんな話をするのか。理由は、貴女がメールで知らせてくれた、いまの沖縄の状況が、明らかに異常だからです。

オスプレイは撃墜されたのだという。事実とすれば、関与しているのは中国の工作部隊です。それ以外考えられない。おそらく警察もその線で捜査しているはずです」


ぎくりとした。南条が警視庁の公安刑事だったことを思い出したからだ。それも外事二課、中国の担当だ。

まさか中国が……。


「そう、信じ難い話です。

なんかおかしい、そうは思いませんか？

きっと、中国だけではない。異様な力が作用して、他にも様々な人々を狂わせ、次々と凶事を引き起こしている。

何かが動いている。途方もない力が働いている。

阿久津は、『羅漢』の持ち主だった甲斐猛という軍人について話したようです。だが、その男がどんな人物で、彼が何をしたかは、多分、話していないと思う。甲斐が『羅漢』を手に入れたとき、同じ南京に、相田忠興《あいだただおき》という陸軍少佐がいた。その男の手記を阿久津が持っていて、私は密かにコピーした。別添したので、是非、読んでほしい。『羅漢』のことを知る上で大いに参考になるはずです。

貴女は、これまでの私の話を妄想と片づけるかもしれません。それはそれでいい。ただ、覚えておいてほしいのです。伝説のことを。白虹のことを。そして南京と似たようなことが、近々沖縄で起きる。私がそう予言したことを」

南条のメールはそこで終わっていた。まるで途中で投げ出したかのように。

秋奈はメールを閉じた。

添付ファイルの表示があった。

「羅漢」に関わる戦時中の手記……。一体、何が書かれているのだろう。

ひとつ息をついて、ファイルを開いた。

南京の近郊、鎮江にいた陸軍上海派遣軍第十三師団川田支隊が前進命令を受け、揚子江岸にそびえる幕府山を占領したのは、昭和十二年（一九三七年）十二月十四日のことである。

予（川田支隊・陸軍少佐相田忠興）は、兵卒二十名を率い、山頂にある敵砲台二基の破壊を完了した。十五時過ぎであった。

その直後から、ぞろぞろと大量の中国兵が投降してきた。

南京城周辺での戦闘に敗れ、山に逃げ込んでいた敗残兵とみられた。

その数、実に一万五、六〇〇〇。

あまりの数に唖然としつつ、投降兵を田んぼに集めて武装解除した。彼らに戦意はまったく見られず、全員がひどく飢えて、徴発した米をやると奪い合い、田んぼの草をむしって食べていた。

武装解除の途中、縄をくぐってひとりの捕虜が、予の前に飛び出してきた。童顔の、歳の頃まだ十五、六の少年兵であった。

少年捕虜は、首の辺りにさかんに手を当て、哀願するしぐさを繰り返した。殺さないでくれ。そう言っているようだった。

予は、よしよし、安心しろとなだめた。すぐに兵隊が来て少年を取り押さえた。少年はそれでも予の方を見、遠くを指さして叫んだ。

「マーマ、マーマ！」

中国語はわからないが、それが母親を指していることはわかった。故郷で母親が自分の帰りを待っている。そう言いたかったに違いない。

その後、取りあえず、捕虜たちを敵の残した二十二棟の兵舎に鮨詰め状態で押し込んだ。困ったのは飯だった。中支戦線は兵站がお粗末をきわめ、日本軍でさえ兵糧は現地での徴発に頼っていたのだ。

この膨大な数の捕虜をどうするか。

翌日、予は軍司令部に対応を問い合わせたが、返ってきた指令は非情なものだった。

始末せよ――。

指令の主は、上海派遣軍参謀の甲斐猛中佐だという。

支隊長の川田少将が言った。

「相田、これはちょいと問題だ。軍司令官は村上さんだ。捕虜の大量処刑を命じるとは思えない。捕虜の数等、正確に伝わらなかった恐れがある」

「甲斐中佐殿は、よく存じ上げております。自分が軍司令部に出向いて、直接確認してまいります」

予は、直ちに甲斐中佐がいる南京城に向かった。

南京は、高さ二十メートルほどの堅牢な城壁で囲まれた城塞都市だが、すでに十三日に、上海派遣軍第十六師団が中山門から城内に入り、便衣兵の掃討に乗り出していた。

甲斐中佐は、十六師団が宿舎としている中央飯店の二階の小部屋に陣取り、机上の書物に目を落としていた。

「相田、久しぶりだな。まあ、座れ」

中佐は顎をしゃくって机の前の椅子を指した。

セルロイドの丸眼鏡に鼻下には髭。

上海派遣軍で甲斐猛を知らぬ将校はいない。

温厚にして篤実。怜悧にして沈着。村上五郎上海派遣軍司令官が最も信頼する参謀のひとりと言われている。

以前会った甲斐中佐は、その評判どおりの人物だった。

しかし……。

予は内心で首をひねった。目の前の甲斐中佐の顔つきが、以前とあまりに違う印象だったからだ。肌の色がひどく悪く、派手な陣羽織をはおり、両眼にはぎらぎらと粗暴な光が浮いている。

中佐は目の前にある、こげ茶色の陶器の碗を顎で指した。

「どうだ、相田、この碗は？　美は江南にあり、と言ってな。この碗は故宮に収蔵されておった、南宋の頃の名器なのだよ」

「なかなか風情のある……」

予はちらりと見て、すぐに碗から目を逸らした。

無駄話をしにここに来たのではない。捕虜の扱いを早急に決めてもらわなくてはならない。部隊では川田少将が、予の報告を首を長くして待っている。

「そうだろう。なんとも言えぬ趣がある。この器肌の塗り、黒釉《こくゆう》というものらしいのだが――」

「中佐殿――」

予は捕虜について切り出そうとしたが、中佐は気にもとめず、話を続けた。

「知っておるかね？　支那人は、満州事変の直後から、故宮のお宝を二万箱の箱詰めにして、南京にこそこそ移しておったのだよ。そして今年の八月、さらにその中から特に貴重な文物を選んで西方のいずこかへ移動させた。もっとも、この碗はその選に漏れたらしく、南京の倉庫に残されておった。まあ、俺には骨董の価値などわからぬから、せいぜい茶碗代わりに使おうと思っておるのだがね」

「中佐殿。本支隊が捕らえた捕虜の扱いでありますが――」

予は痺れを切らして、ヨタ話を打ち切った。

「なにせ一万数千の膨大な数で、扱いに窮しております」

「ああ、それか」

中佐は急に興の失せた顔になった。

「先般、軍司令部より、始末せよとの指令を受けております。が、村上司令官が釈放せよと命じられたとの情報もあり、混乱が生じております。改めて軍司令部の判断を確認するよう、川田少将から命じられております」

「うん。始末せよ、と言ったのは俺だ。村上さんには呼びつけられて、こっぴどく叱られたがね」

「それでは司令官のご判断は、釈放――」

「村上さんには、指示を変える、と約束したよ」

予を遮って、中佐は押しかぶせるように言った。

「では、始末せよとの命令は撤回ということですね」

「そう。だから、いま、新たな指令をここで出す」

「はっ。承ります」

「殺っちまえ」

「は？」

予は思わず躰を傾げて訊き返した。いま耳にした言葉が信じられなかった。

「ヤッチマエ」

甲斐中佐がゆっくりと、嚙むように繰り返した。

予は目をむいて中佐を見た。

顔が蠟のように白くなり、目が異様な光を帯びていた。まるでなにかに憑かれた、偏執者のような目だった。

「中佐殿、捕虜の中には、女子供も交じっております」

「そいつらは日本人か」

甲斐の唇の端がニヤリと持ち上がった。

「いえ……」

「ならどういうことはあるまい」

「しかし、それでは村上司令官の釈放という――」

ドン！　とたんに、中佐の拳が机を叩いた。

「指令は以上だ！　揚子江岸の下関《シャーカン》には、すでに二万を超える捕虜が溜まっている。そこですべて処分する。貴様の隊は十九日に浦口に移動させる。それまでに片をつけろ。問答無用、以上だ！　下がれ！」

十二月十七日になった。

陽が落ちて、辺りには夕闇がたちこめている。

揚子江を渡って、身を切るような凍てつく風が流れてくる。

予は、腕時計を見た。

午後六時五十五分。

ごくりと唾を呑み込んで、周囲を見回した。

河岸で焚かれたかがり火とわずかな照明灯の光が、目前の膨大な人の群れを照らし出す。

五千余名の中国人捕虜たちが、沈黙の中でうずくまっていた。処分の最初の一団だ。

捕虜たちは電線で数珠つなぎにされ、その巨大な群れの周囲を、荒縄がぐるりと取り巻いている。そしてカバーで隠した二十挺の機関銃が半円形に均等の間隔で配置されている。

「ここで夜明けを待ち、移動する。おとなしくしていろ。そうしていれば安全だ」

そう言い含めてあった。

だが、異様な気配を察知したのか、捕虜たちの顔つきが変わり始めている。よくは見えないが、予は確かにそう感じた。

怯えと恐怖、そして憎悪の塊が、冷気の中でふくらんでいる。

「マーマ、マーマ」と叫んでいた少年も、この沈黙の群れにいる。

予の喉は乾《ひ》からびていた。濃密にたちこめる悪の気配に全身が締め上げられるようだった。

「少佐殿、時間です」

背後で中尉の声がした。

予は黙ってうなずいた。

何か言えば、声が慄えそうだった。

「用意！」

中尉の号令が響いた。

その瞬間のことを予はよく覚えていない。ただ、直後に聞いたピーッという呼子の高い音だけが、耳にこびりついている。

二十挺の機関銃が一斉に火を噴いた。

銃声は割れるように鳴り続けた。

獣のような悲鳴が捕虜の群れから湧き上がった。悲鳴は止まず、幾重にも重なって果てしなく尾をひいた。

それはまさに地獄だった。阿鼻叫喚の地獄絵だった。弾丸を避けようと捕虜たちは、機関銃の仰角のさらに上を目指して仲間の躰を踏み台に登り、人間のピラミッドがいくつも出来て、すぐに崩れた。

濃厚な血の匂いがたちこめた。

予は目を閉じた。

闇の底で、人の高笑いを聞いた気がした。脳裏に大きく甲斐猛の貌《かお》が映った。あいつの声だと思った。

機関銃の音が止んだ。

捕虜たちの叫喚も止んだ。

だが、絶え間なく呻き声が上がっていた。

殺気だった兵隊たちが死屍の上を歩き、銃剣で生き残った捕虜を突き刺していた。

予の脳内を血の渦巻に似たものが占め、こめかみがどくどくと鳴った。黒い炎が躰中にひろがっていく気がした。

「殺るんだ。殺っちまえ！」

どこからか、また声が聞こえた気がした。

予は、己の小銃に銃剣を突き刺した――。


サイドテーブルに置かれたスタンドの赤いシェードが、ライトを受けて光っていた。

秋奈には、それが血の色のように映った。

読み終えて、無残な思いに目を閉じた。

いわゆる南京大虐殺の一コマだ。

秋奈は立ち上がり、キッチンで冷たい水を呑んだ。

捕虜の大量虐殺。

確かに、血塗られた無残な歴史だ。だけど、それが「羅漢」となんの関係があるのか。

唐突に出て来た八十年も前の話。第一、「羅漢」のことはなにも書かれていないではないか。

薄いガウンをはおってベランダに出た。

湿った夜気が躰を包む。

黒い海の向こうに、漁火のように一列の小さな灯火が輝いている。

このメールで南条はなにを言おうとしたのだろう。

南京で人格が豹変した甲斐猛は、その後沖縄戦に赴き、そこでも地獄を見る。呪われた男、とでも言いたいのか。馬鹿馬鹿しい！

青白い南条の顔が瞼をよぎった。重度のＰＴＳＤは、容易には治癒しないという。やはり、南条はまだ病んでいるのだ。

痛々しい思いがした。魚釣島の惨劇は、それほどまでに凄まじい、恐怖に満ちた経験だったのだ。

春奈の顔が浮かんで呼吸が乱れ、秋奈は目をつぶった。

それにしても……。

再び暗い海に目を投げた。

南条の言うように、もし一連のテロの背後に中国がいるとすれば、ことは想像を絶する恐ろしさだ。

公安刑事という南条の過去からして、この部分だけは病気から来る妄想とばかりは言えない気がする。オスプレイは軍隊でなければ撃墜できないのだから。

中国は、一体、なにをしようとしているのだろう。

秋奈はまた息が苦しくなった。

＊

その二日後のことだった。

那覇の中心部にある与儀公園で、二百人近い学生が治安出動への抗議集会を開いていた。

三十名の治安部隊が学生たちを遠巻きに囲んでいた。

集会はごく平穏なうちに終了し、学生たちはデモ行進に移るため、公園の出口付近に集まった。

辺りは夕闇に覆われ、暗がりに人の姿が溶け込み始めていた。

突然、タイヤが破裂したような音がした。

破裂音は連続して三回以上鳴り渡った。

「銃声だ！　銃声だ！」

誰かが叫んだ。

「自衛隊が撃った！」

「俺たちを撃ってる！」

悲鳴が上がり、学生たちは一気にパニックに陥った。

「落ち着けー！」

「動くなー！」

リーダーたちが必死に制止の声をあげた。

だが、さらに数発の銃声が追い打ちをかけるように響き渡った。

怒り狂った男子学生たちが、治安部隊に突進した。殴り込まれた治安部隊は次々に学生を引き倒し、辺りは怒号と悲鳴で騒然となった。三十名の治安部隊員は猛者ぞろいだったが、学生は二百人だ。ひとりの治安部隊員に数名の学生が覆いかぶさり、団子状態の揉み合いとなった。

ひとりの男子学生の目前で、治安部隊員に数名の学生たちが飛びかかり、そばにいた女子学生が弾かれるように転んだ。

ああっ……。

男子学生が声を発する間もなかった。治安部隊員が持つ金属製の重い盾が、女子学生の頭部に落下し、その上に隊員と学生が折り重なって倒れ込んだ。男子学生は、グシャッ、という、なにかがつぶれる音を聞いた。

《治安部隊と学生が衝突》

《女子大生が巻き込まれ、死亡》

取材先にいた秋奈は、テレビのニュース速報に飛び上がった。

社に駆け戻ると、編集局は蜂の巣をつついたような騒ぎだった。

騒乱は、多数の治安部隊と警官隊が駆けつけ、間もなく収まった。

銃声に激昂した学生たちが治安部隊と乱闘となり、巻き込まれた女子大生が倒れ、頭部を圧迫されて死亡した。それが事件の概要だった。

治安部隊と市民の衝突。もっとも恐れていたことが起きた。

発砲は本当にあったのか。撃ったのは治安部隊なのか。発砲したとすればなぜなのか。情報は混乱している。

県警や治安部隊の記者会見はまだない。事態が事態だ。発表など待っていられない。目撃者と県警幹部に直当たりだ。記者たちが次々と社を飛び出していく。

秋奈は堀口の携帯を鳴らした。

が、例によって留守電で、マシンガンのように打ったメールにも一本の返信も来ない。

もう、肝心なときに！

秋奈も社を飛び出した。

沖縄新聞はその夜、記者を総動員して関係各所に夜回りをかけた。秋奈は五か所を回ってなにもつかめず、深夜、空しく社に戻ったが、オヤジ記者たちはさすがだった。複数の記者が決定的な情報をつかんできた。

〈銃弾は八九式小銃《はちきゅう》〉

デモがあった公園付近で押収された薬莢は、自衛隊の装備銃である八九式小銃のものだった。

翌日の朝刊は、沖新と琉日の地元二紙がそろって大見出しをかかげ、沖縄世論は沸騰した。

誰がどう考えても、非は平和裏に行われていた集会に、無警告で発砲した治安部隊の側にあった。

だが、奇妙なのは、集会を囲んでいた三十名の治安部隊員の小銃には、いずれも発射痕がないことだった。

警備に当たっていた隊員以外の誰かが、密かに小銃を持ち出し、どこかから発砲したのだ。

銃器は自衛隊では厳重に管理されている。一体、誰が小銃を持ち出したのか……。

＊

堀口和夫が県警本部長の桐島令布の部屋に呼ばれたのは、翌日の午後だった。

ドアを開けると、険しくゆがんだ、猛禽類のような顔が見えた。

機嫌が猛烈に悪い。

ビビッと背中に緊張が走った。

「一体、どうなってんだ？」

桐島が顎を突き出し、デスクの前の椅子を指した。

俺、なんかドジ踏んだっけか？　と、腰を下ろしながら思いをめぐらす。

「大城のことだっ！」

「はっ？」

刑事部長の名が出た。

「大城さんが、なにか？」

「与儀公園の銃撃、薬莢の話。誰がマスコミに喋ったんだ！」

そこか、と合点した。

薬莢の鑑定で、治安部隊の発砲が判明し、マスコミが一斉に報じた。それが気に入らないのだ。

事件直後にマスコミは捜査関係者に猛烈な取材攻勢をかけていた。捜査員の誰が記者に漏らしたのか、いまとなってはわからない。

「大城さんではないと思いますが……」

桐島の口が、阿呆か、お前、というようにゆがんだ。

「だから、管理はどうなってんだって訊いてんだッ！」

拳がガン！　とデスクを打った。

うはっ、と目を閉じた。

捜査に当たっているのは県警刑事部で、大城はその責任者ということになる。

「県警が勝手に情報を漏らしたと、防衛省はカンカンだ。本庁も怒ってる。どうするんだッ!」

なるほど……。

治安部隊の発砲を隠蔽したかった防衛省が、血相変えてねじ込んで、警察庁がビビり上がった、というわけだ。

「確かに、情報管理が甘かったと思います」

そりゃ無理だよな。第一、事実は事実、と思いながら、口が勝手に動いた。

「大甘だ! 甘過ぎる! いいか——」

桐島が陰険に目を細めた。

「大城をとばせ。一週間以内にだ。なにがしかのケリをつけんと、市ヶ谷も霞が関も収まらん」

警務部長は県警の人事も扱う。大城を更迭して、後任を指名しろ、ということだ。つまりは、刑事部長を人身御供にこの場を逃げ切ろう、それが桐島の魂胆だ。

治安出動でバッテンがついたとはいえ、桐島はまだ本庁復帰を諦めてはいない。これ以上、霞が関の機嫌を損ねることは許されないのだ。

「しかし……」

堀口はさすがに口ごもった。

大城には「羅漢」の捜査を頼んでいる。

「あまり露骨にやりますと、下が反発して、例の女子高生事件の内部告発のような事態に……」

「下を恐れて、警察組織は成り立たん！　上命下服、それが警察だ！」

桐島の顔が真っ赤に怒張した。

「は……」

胃が痛くなってきた。

「大城をとばせ、週内にだ。それと、県警全体に箝口令《かんこうれい》をしけ。以後、治安部隊関連の情報は、全部俺が目を通す」

「わかりました」

「堀口――」桐島が、急に猫なで声になった。

「お前もこんなところで埋もれるつもりはないだろう。無傷で帰る、それでこそ、キャリアだぞ」

「肝に銘じます」

また口が勝手に動いた。

退出し、本部長室のドアを静かに閉めた。

えらいことになった……。

「羅漢」の捜査が頓挫すれば、テロリストの思うつぼだ。

それに、県警は大抵どこでも、本部長、警務部長、警備部長が本庁からの出向組、刑事部長、生活安全部長、交通部長が地元の叩き上げだ。国が事実上県警を支配する形で、出向組と地元組との溝は深い。特に大城は部下から慕われている。もし大城を切れば、自分は県警内で完全に孤立する。〝霞が関の犬〟とか言われて。桐島はそれを承知で大城を切らせ、その後、自分もお払い箱にする気なのだ。〝汚れ役の使い捨て〟とはまさにこのこと……。

廊下を歩きながら、こんどはゴロゴロと腹が痛くなった。

重大発表。

沖縄新聞の編集局にその一報が入ったのは、堀口が桐島本部長の部屋を出た直後だった。

県庁広報は、そうお触れを回している。

「県知事の安里が緊急記者会見を開く」

あちこちで同僚たちの不審の声が上がった。

「口先番長がいまさらなんだってんだ？」

そーだよね、と秋奈も思った。

記者会見は午後九時。県庁大ホール、となっている。

秋奈がデスクの宮里たちと会見場に入ると、すでに百人近い記者が集まり、テレビが中継態勢を整えていた。県庁がテレビ各局に根回ししたのかもしれない。ＮＨＫのニュースにぴったりで、民放の夜の全国ニュースにも間に合う時間だ。

九時ちょうど、安里が県会議長をともなって、会見場に現れた。

ステージ上の演壇に知事が立っても、記者会見場はざわついている。安里の人望のなさが、こんなところにも表れている。

パソコン用の小テーブルがないので、秋奈はノートを膝にひろげ、前方の安里を眺めた。ひょろりとした躰つきに、いつもの気障な縁なし眼鏡。髪もきっちり七三に分けている。相変わらず、冴えない銀行員のような風貌だが、心なしか、いつもより頬の辺りに赤味がさしているような……。

「まず、私は――」

安里が長い首を伸ばして、鶴が鳴くような甲高い声を発した。

「昨日の、治安部隊との衝突で亡くなられた女子大生、伊佐洋子さんに心から哀悼の意を捧げ、ご冥福をお祈りいたします」

安里が姿勢を正して壇上で黙禱した。

会見場のざわめきが徐々に収まっていった。

安里はなかなか顔を上げない。思いのほか長く続く黙禱に記者たちは顔を見合わせた。

安里がようやくゆっくりと頭を上げた。そして、指で縁なし眼鏡をずり上げ、一転、厳しい口調で言った。

「次に、県知事として、発砲した治安部隊に激しい憤りを表明します。合法的に、平和裏に行われている集会に参加し、銃撃で脅されるいわれは、沖縄県民には一切ありません。そもそも、沖縄県として、治安部隊の駐留を容認した事実はない。沖縄はこれまで、一貫して米軍基地の撤去縮小を求めてきました。その米軍を守るために、県下に武装部隊を配置し、市民の行動を規制するなど、まさに沖縄県民の意思を踏みにじる、暴挙以外のなにものでもありません」

な、なにが言いたいんだ？

記者たちが訝しげに安里を見つめ、再び会見場がざわつき始めた。

秋奈も、目を細めて安里を注視した。

顔つきがまるで違った。これまでのナヨい感じが消し飛んで、きりりと締まっている。

安里は再び眼鏡を指で押し上げ、決然とした表情で言い放った。

「県知事として、いまここで命令を発します。治安部隊は、あす十九日中に、沖縄県全域から退去せよ。繰り返します。治安部隊は全員、明日中に沖縄県から退去せよ。これは要請ではない。命令であります。政府、ならびに治安部隊が従わない場合は、先日行われた県民投票で、明確にその民意が示されたとおり、沖縄は独立も辞さない」

一瞬、呆気にとられたような静寂があって、次の瞬間、どよめきがさざ波のようにひろがった。会見場はたちまち騒然となった。

「なんだって？」

「独立って言ったよな」

「明日中ってか」

耳を疑う内容に、記者たちが叫ぶように確認し合う。思わず立ち上がる者もいて、後方のテレビカメラマンから怒声が飛んだ。

こ、これは……。

秋奈は唖然として、握ったボールペンをポトリと落とした。

これは、政府への宣戦布告だ。

突然の会見が、とんでもない大ニュースとなった。

《沖縄県知事、治安部隊に退去命令
《独立も辞せずと言明》

大見出しが脳裏に浮かぶ。

なんてことを……。

政府が治安部隊を引き揚げるわけがない。勝ち目があると思っているのか。

何人かの記者が、ニュース速報を打つために会見場から飛び出た。

「刻限は――」

会場のざわめきを抑えつけるように、安里が声を張り上げた。

「刻限は、正確にはいまから二十七時間後、七月二十日の午前零時であります。私は、それまでに政府が沖縄の民意を重んじ、治安部隊の撤収を完了すると信じます。

私は、これから万座毛に向かい、そこに滞在して、政府の対応を見守ります。万座毛はその昔、琉球の王が、一万人が座れる原っぱという意味で名づけた場所です。

琉球はかつて、立派な独立国家でありました。その歴史を受け継ぐ我ら沖縄人にとって、万座毛は断固たる意思を示すに、実にふさわしい場所ではありませんか！

私は、県民の皆さまに呼びかけます。私、ならびにここにいる県会議長とともに、広大な万座毛に集結し、沖縄の意思を全世界に示そうではありませんか！」

安里はそこで言葉を切った。

「知事！」

間髪を容れず質問の声が飛んだ。

安里は声の方角にわずかに顔を向けた。

「記者の方々のご質問には、万座毛に到着ののち、膝を交えてお答えします。以上であります！」

振り切るように一礼し、安里はひらりとステージを降りた。

「知事、知事、待ってください！　知事！」

記者たちがどっとステージに突進した。その前に県庁の職員たちが立ちはだかって、「質問は万座毛で！」と口々に叫ぶ。

「知事、待って！」「どいてくれ！」「どけ！」怒号が飛び交う喧騒を背に、安里と議長は振り向くことなく、会場から姿を消した。

＊

〈知事、知事、待ってください！〉

騒然とした会見場を映したテレビ画面に、ニュース速報の字幕が重なる。

《沖縄県知事、治安部隊に退去を命令》

辻にある「王宮」の一室。

オキタキは、リモコンを持ち上げてスイッチを切った。

画面に音声が吸い込まれ、部屋に静寂がよみがえる。

目を閉じると、瞼に、紺碧の海が浮かんだ。万座毛から見える海が。

そこに人々が集まる。轟々と地響きを立てて、治安部隊が出動する。そして、決戦の幕が開く。

祭壇の前に正座した。

蝋燭の炎が、一冊の書物を照らしている。

色あせた深紅の地に、黒い龍が躍る表紙。

「羅漢」……。

オキタキは古文書をそっと胸に押し当てた。

縦二十センチ、厚さ一センチほどの小さな古書。龍の両眼には小さな赤い玉《ぎょく》が埋め込まれ、開けば、茶色に変色した楮紙《こうぞがみ》に、丁寧な楷書でびっしりと漢文が綴られている。

「もうすぐ……」

小さなつぶやきが、赤い唇から漏れた。

「『羅漢』、もうすぐあなたの夢が叶う……」

五百年の夢が実を結び、琉球は解放される。長きにわたった屈辱の歴史から。そして未来に訪れる破滅の危機から。

オキタキはふたたび目を閉じて祈った。

いままでどおり、お守りください。

あなたの夢を受け継ぐ、あの人とわたしを……。

琉球の王になる。

その野望は必ずや実現する。なぜなら、この「羅漢」の加護があるから。

＊

切り立った絶壁の際に立つと、透き通った藍色の海の底に、いくつもの岩礁が見える。眼を上げれば、なにひとつふさぐものなく、東シナ海が洋々とひろがる。

空の青、海の青……。

堀口和夫は、まぶしい陽光を、手をかざして遮った。

それは、今夜ここで起こるであろう騒乱を思えば、あまりにも穏やかな光景だった。

腕時計を見た。

午前九時三十分。安里の衝撃的な宣言から一夜明け、治安部隊退去の刻限まで十四時間半。

緊張が毛細血管の先まで張りつめていく。

絶壁に沿ってひろがる広大な草原には、昨夜から続々と数万の市民たちが集結し、ところどころでテントが設営されている。軽快な音楽とハンドマイクのスピーチが風に乗って流れている。

「口先番長」だのなんだのと言われようが、やはり知事は知事だと、堀口は改めて思う。昨夜の呼びかけで、瞬く間にこれだけの人間を動員できるのだから。マスコミや役人たちの知事に対する感覚と一般の人々との間には、やはり大きな温度差がある。

安里たちは、昨夜のうちに、一旦、万座毛の端にあるリゾートホテルに入り、まもなく、そこから草原のテントに移動する。

万座毛に至る国道五八号は、いまもなお、市民を乗せた車列が続き、最終的にここに集まる人数は、十万人に達するとみられている。その数は、治安出動への反発の強さの表れだった。

堀口の横で、大城刑事部長がぽつりと言った。

「これから、どうなりますか。沖縄の警官が、沖縄人に銃を向ける、そうなりますか……」

「いや……」

堀口は返す言葉もなく黙り込んだ。

大城はまだ知らないが、早朝、ここに来る前、本部長の桐島から耳打ちされた。

今晩、東京から官房長官が来沖して沖縄側を説得する。だが、それはポーズだ。安里が治安部隊の退去に固執し、午前零時の刻限後に独立を宣言すれば、内乱罪を適用して鎮圧する。

それが昨夜決まった政府の方針だ。

県警は国の決定に逆らえない。万座毛は怒号と悲鳴と催涙ガスに包まれ、大城が恐れる、沖縄の警官が沖縄人に銃を向ける状況になるだろう。

大城には、刑事部長職の解任もまだ告げていない。つくづく言わなくてよかった、と思っている。こんな事態、新任の刑事部長ではとても乗り切れない。

＊

《治安部隊が、万座毛に至る幹線道路を封鎖し始めました！》

秋奈は編集局のデスクでコーヒーをすすりながら、テレビリポーターの叫び声を聞いている。

なぜ、自分はここにいて、あそこにいないのか。

やっぱり、ヨソ者なんだ……。

酸っぱいような思いが込み上げ、顔がひきつる。

昨夜、安里の会見のあと、万座毛に向かおうとしたら、デスクの宮里に呼び止められた。

「秋奈。今回は、お前、中で受けをやってくれ」

「なか？」

きょとんとした秋奈に、宮里は有無を言わせぬ語調で言った。

「代わりに伊良部を行かせる。沖縄の未来がかかってる。アイツも現場を見たいだろう」

伊良部は二年後輩の地元出身の女性記者だが、内勤の整理部員だ。東京モンのお前より、沖縄人の伊良部を出す。宮里はそう言っているのだ。

「そんな……」

バカな！　と秋奈が声を上げる寸前に、宮里はくるりと背を向けた。

「待ってください！」

追いすがろうとして、足が止まった。ゴリ押ししても、結論は変わらない。ヨソ者はヨソ者。それが宮里という男の、いや、たぶん、この会社の人間たちの、自分に対する本音なのだ。

昨夜はそのまま仮眠室に直行して毛布にくるまったが、もちろんろくに眠れなかった。

朝起きたら、頭痛がする。

虚ろにぼやけた視界に、壁に並んだテレビが映る。

各局とも、通常番組をつぶして万座毛を中継している。刻々と変わる現在進行形の動きは、圧倒的にテレビが強い。スマホを見れば、万座毛の映像がすでに次々と投稿されている。新聞はテレビにもインターネットにも勝てない。もうとっくに、そういう時代になっている。

なんだか、まっ昼間から、酒でも呷りたい心境だ。

秋奈はコーヒーをがぶりと飲んだ。


同じ頃、那覇市鏡水《かがみず》の自衛隊駐屯地から、治安部隊の大軍団が出動した。

軽装甲機動車には機関銃が装備され、隊員は全員が八九式の小銃を携行、迫撃砲も加わった重武装だ。

万座毛を包囲し、安里逮捕の指示を待て。

それが、首相官邸から伝えられた命令だった。

＊

陽が落ちて、夜のとばりが万座毛を覆い始めた。

臨時に立てられた無数の照明灯が、群れ集った十万人の群衆を照らし出す。旗と幟が盛大に振られ、小さな懐中電灯の光が蛍火のようにゆれている。歌声が流れている。誰でも知っている懐かしい歌が多い。時折それに、沖縄の島唄が交じる。

堀口は海岸性の低木の茂みに沿って、ゆっくりと群衆の周囲を歩いている。

前方の特設ステージの照明が、ひときわ明るく輝いた。ステージは、海に突き出た岩壁を一本の長い岩柱が支える、「象の鼻」と呼ばれる奇岩の上に作られている。

どよめくような歓声が上がった。

全国から駆けつけた沖縄出身の有名人たちが、続々と壇上にのぼり、マイクを手にスピーチを始めた。女優、歌手、お笑い芸人、スポーツ選手、映画監督……。気勢が上がり、笑いが起き、拍手が響く。

ステージのそばの白い大きなテントには、安里知事ら県政幹部が詰めている。

あと数時間で沖縄の運命が決まる。なにかが大きく変わる。その興奮が、広大な草原にあふれ、堀口にもジンジンと伝わってくる。

一方、山側を振り返ると、治安部隊の大部隊が見える。そこには海側とは対照的に、緊迫した空気がたちこめ、投光器の強い光が、居ならぶ軍用車両や、完全武装の治安部隊員たちを冷たく浮き上がらせている。

堀口たち沖縄県警の警備陣は、万座毛の中間地点に、あたかも群衆と治安部隊を隔てるように展開している。県警が現場の指揮統制に使っているのは、大型バスの多重無線車で、警備陣の本隊とともに、万座毛の真ん中に置かれている。

多重無線車の中には、臨電やパソコンがところ狭しと設置され、無線機には十人近い職員が張りついている。狭い空間は、男たちの体臭と暑さと湿気でむせかえるよう。堀口は息苦しくなって外へ出たのだ。

腕時計を見ると午後八時三十分だ。

九時には桐島県警本部長がヘリで到着する。午前零時の刻限直前にここに来る官房長官を出迎えるためだ。

政府はすでに、沖縄及び北方対策担当相らが那覇に来て沖縄の議員団と話し、妥協点を模索している。しかし、依然、落としどころが見つかったという情報はない。

県警のバスのそばで、懐中電灯が円を描いて大きく振られた。

大城刑事部長の合図だ。

これから二人で桐島を迎えに行かなくてはならない。気が重いことこのうえない。仕方なく、速足でバスに戻った。

「テントは?」

ため息まじりに、大城に訊いた。

「そこに」

大城がくしゃりと鼻に皺をよせ、顎をしゃくった。

多重無線車の脇に小ぶりなテントが完成している。桐島が命じて作らせた自分専用のもので、周囲にジュラルミンの盾が立てかけられ、入り口に警官がひとり立哨している。

テントから目をそむけ、二人で治安部隊のいる山側に向かって歩いた。

ヘリの着陸地点までは二十分ほどの距離だ。

刑事部長の表情は沈んでいる。沖縄の警官が沖縄の市民に発砲する可能性が刻々と高まっている。沖縄人の大城にとって、その命令を下すのは耐えがたいことだろう。

夜空にバラバラと騒音がして、目を上げるとヘリの赤い航空灯が見えた。

騒音はすぐに耳を聾《ろう》するほど大きくなって、ヘリは治安部隊の後方の空き地に着陸した。ローターのまき散らす烈風が顔に吹きつける。

ほどなく、投光器が照らす銀色の光の中に、ヘリから降り立った男たちの影が黒く浮き上がった。

先頭を歩くがっしりした体軀の数人は、第十五旅団の士官たちだろう。彼らにわずかな距離をおいて、ヘルメットをかぶり、防弾チョッキで着ぶくれした男がいる。我らが県警本部長、桐島令布だ。

出迎えた治安部隊の指揮官が敬礼をした。

堀口も一歩前に進み出た。

ダン！

異変が起きたのは、そのときだった。鋭い衝撃音がして、士官のひとりが倒れた。

直後に、鼓膜をつんざく破裂音がたて続けに鳴り響いた。

な、なんだ？

堀口は周囲を見回した。

「伏せろ――――！　伏せろ――――！」

誰かが絶叫した。

「銃声だ！　何者かが銃撃している！」

堀口は転がるように地面に這いつくばった。

とたんに弾丸が、ビシッと頭のそばの地面で弾けた。

「敵襲！　敵襲！」

「応戦！　応戦しろ！」

怒号とともに、近くの治安部隊の小銃が火を噴いた。

轟音が大気をゆさぶり、頭の上をビュッ、ビュッと弾丸が空を切り裂く。

ああああ……。

堀口は恐怖ですくみ上がった。小便をちびりそうだ。

警察の人間とはいっても、銃弾飛び交う修羅場など経験したことがない。

ドーン！

叩きつけるような大音響が鳴り渡り、治安部隊の隊列で火柱が上がった。

真っ赤な炎の中に複数の人影が見えた。

バーン！

連続してまた爆発音がした。夜空に火の粉が舞い上がった。

目の前は硝煙に包まれ、地面に這いつくばったまま動きがとれない。というより、腰が抜けたのか、足がびくとも動かない。

「下がれ！　下がってください！」

叫び声とともに、誰かに襟首をつかまれて、もの凄い力で引きずられた。ダンゴムシのように躰を縮めた。

ドサッとトラックの陰に投げ出された。

「な、なにが起きた！」

精一杯、声を上げた。

「砲弾が撃ち込まれた模様です！」

治安部隊員が叫んだ。

「敵襲！　敵襲！　態勢をとれ！　態勢をとれ！」

指揮官の怒号が連続し、弾丸が光を放って流れ飛ぶ。

首をひねって周囲に大城の姿を探した。

「大城さーん！　大城さーん！」

手を口に添えて大声を上げた。

応答はない。不安が胸を締め上げた。

敵は明らかにヘリを降りた幹部たちを狙い撃ちした。

まさか、「羅漢」強奪のテロリストたちが……。

銃撃の恐怖で引き切った血が、さらにカラカラに乾いていく気がした。

突然、キーンという金属性の音が聞こえた。

マイクのハウリングの音だ。

《全部隊、全部隊。こちらは副旅団長である。副旅団長である》

スピーカーから、硬質な声が流れ出た。

《過激派市民が攻撃している。各隊、応戦し撃退せよ。反乱分子は、万座毛の複数の箇所に分散、市民に紛れて攻撃している。事態を受け本省は草原全域を制圧、過激派市民を掃討するよう、命令を発した。実弾の使用を許可する。各隊、草原に前進、反乱分子を掃討せよ》

がさごそとノイズがし、またハウリングの音がして声は途絶えた。

いかん！

堀口は呻いた。

草原には市民が集い、テントも密集している。実弾攻撃などもってのほかだ。

それに、襲撃が〈過激派市民〉となぜわかる？

なにかがおかしい。

治安部隊は、なにをする気だ！

まっ黒な予感が胸を突き上げ、胃がせり上がってきた。

引きつっていた足が不意に動いた。

躰の奥で、カチリと、なにかスイッチが入った気がした。

気がつけば立ち上がっていた。

「危ない！　伏せろ！」

近くで爆発音がして、誰かが叫んだ。

それを最後に、耳から一切の音が消し飛んだ。

堀口は地を蹴って走り出した。

行かなくては。

胸の内で叫び続けた。

県警の前線本部に急ぐんだ！

とんでもない異常事態が起こってる！


荒い息で県警指揮所の多重無線車に飛び込むと、堀口は嚙みつくように叫んだ。

「状況は！」

見たこともない堀口の形相に驚いたのか、無線車の全員が目をみはった。

「銃撃はいったん終息しています。武装集団は襲撃地点の山中から移動した模様です。行き先は不明！」

奥にいた理事官が大声で答えた。

「大城さんや本部長は？」

「安否不明です」理事官が唇を嚙んだ。

「いいか！」

堀口はまっすぐに顔を上げ、指揮車の全員に向かって大声で言った。

「治安部隊の動きがおかしい。このままでは市民が巻き込まれる。前線の警備陣に伝えるんだ。治安部隊の動向を監視、異常な行動があればただちに阻止せよ！」

全員が一斉に顔をしかめた。「治安部隊が敵」、この人はそう言っているのか。

「警務部長！」

無線を取っていた職員が立ち上がった。

「つい先ほど、前線から奇妙な報告がありました。治安部隊が迫撃砲を車両で牽引、前線に設置、砲身は海の方角、『象の鼻』の辺りに向いている、とのことであります」

「なんだって！」

背筋に冷水を浴びせられたような戦慄が走った。

「象の鼻」の上には特設ステージがあって、大勢の市民が集い、そばには県知事の安里たちが詰めるテントがある。

あいつら、なにをする気だ！

「特設ステージから市民を避難させろ！　安里のＳＰに連絡、すぐにテントから退避させるんだ！」

堀口は警察無線を引っつかむと、無線車を飛び出し、「象の鼻」に向かって駆け出した。

一二〇ミリ迫撃砲は、二輪の砲車に引かれて移動する、陸上自衛隊最大の重迫撃砲である。その破壊力は凄まじく、小ぶりなビルなら一発で吹き飛ばす。なおかつ命中精度が格段に高い。

黒光りする砲口がわずかに動いた。

彼方には「象の鼻」。

海に突き出た岩壁を、象の鼻に似た一本の長い岩柱が支えている。

岩壁の上には明るく輝く特設ステージがある。

迫撃砲の照準が、ぴたりと「鼻」に定まった。


「ステージから市民を離せ！　全員、退避！　退避させろ！『象の鼻』から退避させろ！」

堀口は警察無線で怒鳴りながら、群衆をかき分け、「象の鼻」に向かって走り続けた。

前方にライトに照らされたステージが見える。

付近の警備陣が指示したのだろう、壇上から次々と人々が飛び降りている。

堀口はほっと息をついて、足の力をゆるめた。

過度の飲酒でなまり切った躰だ。息が上がって、膝が嗤《わら》う。

まさか、自衛隊が迫撃砲で市民を撃つことはないだろう。日本人同士、しかも善意の人々なのだ。

その直後、夜空に稲妻のような閃光が走った。

一瞬、周囲が明るくなった。

目をむいた。

天をゆるがす轟音が響き渡り、光の炸裂とともに象の鼻が吹っ飛んだ。

さらにもう一発、割れるような砲声と同時に、海に突き出た岩壁の端が崩落した。

堀口は呆然と立ちすくんだ。

逃げ惑う群衆が見える。

ちくしょう！

弾けるように走り出した。

県知事たちはどうなった！

次の砲弾は、安里のテントに落ちるかもしれない！


堀口がテントに飛び込んだとき、県庁幹部の多くは怯えた羊のように、入り口付近に群れていた。

なにをしてるんだ！

怒声を嚙み殺した。

退避指示はすでにSPを通じて伝達されているはずだ。

テレビカメラやモニターなどがゴタゴタと並んだ奥のソファーセットに、県会議長の顔が見えた。その向かいに知事の安里が腰をすえている。

「すぐに出てください！　ここは危険です！」

安里に向かって叫んだ。

県会議長がいかつい顔で怒鳴った。

「市民の退避を見届けてから出る。我われが真っ先に逃げ出すわけにはいかんだろうが！」

「いや、敵の標的は知事かもしれません。すぐに出てください！」

堀口は怒鳴り返した。

安里がゆっくりと縁なし眼鏡を向けた。なにか言おうとしたのか、頬の肉がひくりと動いた。

そのとき、表で鋭くブレーキ音が鳴った。暗緑色のジープが見えた。

パン！　銃声が轟いた。

意味不明の甲高い声がして、数人の武装した兵士が躍り込んで来た。銃身が短く切られた小銃、黒っぽい制服、袈裟がけに躰に巻きつけた弾帯。明らかに自衛隊とは違う。

女の兵士が鋭く何か叫んだ。

中国語だ！　とようやく気づいた。

中国人兵士たちに囲まれるように、ひとりだけ、治安部隊のカーキ色の制服に身を包んだ男がいた。

長身の引き締まった体軀。鋭く切れ上がった両眼に、そぎ落としたような頰。

その鋭角的な顔。

堀口の脳裏に、大城から見せられた第十五旅団副旅団長の写真が鮮やかによみがえった。

香山要一佐……。

お、お前か……。堀口は飛び出すほどに目を見ひらいて、香山を見つめた。

＊

《治安部隊が市民を砲撃しました！　治安部隊が市民を――》
テレビ画面のアナウンサーの絶叫が、わんわんとした人の声でかき消される。

沖縄新聞の編集局は、記者たちの怒声が響き渡り、無数の電話が鳴り続け、その上に共同通信のニュース速報が重なって、耳がつぶれそうな喧騒に包まれていた。

真っ暗な万座毛を映したテレビ画面に、ニュース速報の字幕が次々に出ては消える。

《「象の鼻」に着弾》

《岩壁の一部が崩落》

「どうなってんだッ！」

記者たちが血相変えて走り回る。

《砲弾二発を発射》

《過激派拠点を砲撃か》

続報がどんどん届く。

秋奈は片耳をふさぎながら受話器にしがみついている。

「砲弾が二……。治安部……市民たちは……」

電話の向こうで現場の記者が必死に喋るが、向こうもこっちも騒音が激しくて聞きとれない。

「……もう一度言ってください……。すみません、もう一度！」

さっきから同じやりとりの繰り返しだ。

現場の記者の報告も、通信電も、テレビも、いずれの情報も断片的で、一体なにが起きているのか、一向に全体像がつかめない。

ようやく受話器を置いて、手で額の汗を拭った。

ふうと、息をついてテレビ画面に目をやった。瞼の奥に、堀口の顔が重なって浮かぶ。

今朝見た原稿の中に〈県警、警務部長、刑事部長らが現地入り〉という短信があった。もし堀口が砲撃に巻き込まれたら……。

携帯を取り出した。

二回、四回、六回……。

呼び出し音を鳴らしても、応答はない。

ないのは当然なのだ。現場は混乱の極にあるのだから。そう自分に言い聞かせた。

だが、不安はふくらんでいく。

落ち着こう……。

携帯を切って、溜まった息を吐き出した。

そのとたん、チリンと音がして、スマホがメールを受信した。

堀口か！

慌てて、四角い画面に目をやった。

送信者は恩納国史。「琉球の王妃たち」の作者の息子だ。

なんだ……。落胆の息が漏れて、力が抜けた。

ゆっくりとメールを開いた。

〈お忙しいと思いますが、とり急ぎお知らせします。ご依頼の真栄原の少女の手がかりについて、先日から母の残した資料を調べておりましたが、きょう、一枚の写真を見つけました。添付しましたのでご覧ください。写真の女の子が真栄原の少女です。わたしも初めて見る写真ですが、日付からすると「琉球の王妃たち」を上梓した直後、母が感謝のためにどこかに招待したときのものではないかと思います。なかなか面白い写真です（笑）。参考になれば幸いです。

また連絡ください。――国史〉

ええっ！　真栄原の少女の写真なんて！

信じられない気持ちで、スマホを握りしめた。

急いで添付を開く。もどかしいほどゆっくりと、色あせた写真が現れる。男女二人が並んでいる。

若い女が籐の椅子に座り、かたわらに男が立っている。

ほっそりとした白い顔に、長い黒髪、黒縁の眼鏡をかけている。

これが真栄原の少女……。

白い薄手のセーターに濃い緑のスカート。コールガールのけばけばしさは微塵もなくて、どことなく文学少女っぽい雰囲気の、清楚な感じさえする女の子だ。

だけど――。

秋奈は顔を近づけて、少女の写真を凝視した。

この顔、どこかで見たことがある。そんな気がする。誰だ、とは言えない。でも、どこかで会った誰かに似ている……。

視線が、少女の横に立つ男に移った。

白いワイシャツを着た男が微笑んでいる。歳は三十代半ばくらいか。

「あっ」と思わず声を上げた。

少女と男を交互に見た。

へえ……と、意外な気がした。だが、次の瞬間、頭に閃光が走った。

県警本部長が殺された日の光景が、まざまざとよみがえった。

「秋奈！　秋奈！」

誰かが大声で呼んだ。

声に背を向けて、スマホに目を落としたまま席を立った。

周囲の音が耳から飛んだ。

真空のような静寂の中で、心臓の鼓動だけがドクドクと耳に響いた。

まさか……。

まさか……。

スマホを持つ手が小刻みに震えた。

秋奈は編集局を飛び出し、階段を駆け下りた。


愛車レオのアクセルを、めり込むように踏み込んだ。

社を出る前に堀口にメールを入れたが、依然、返信はない。一刻も早く万座毛に行き、堀口に直接知らせなければならない。

十年前の写真に写っていた男の名を。

レオは路面に吸いつくように疾走する。速度計の針は、あっという間に九〇キロを超えた。

万座毛への幹線道路は治安部隊によって途中から封鎖されている。

このまま国道五八号をすっ飛ばし、封鎖手前の嘉手納町で右折、県道二六号から石岳の脇道に出て、農道を駆け抜ける。その先の暁山の山道を直進すれば、時間は倍かかるが、万座毛の間近まで行けるはずだ。

早くしないと大変なことが起きる。

レオ、走れ！　もっと速く！

焦燥感が突き上げ、緊張で吐き気がした。

＊

靴音がコツコツと暗い空間に響く。

オキタキは「王宮」の地下駐車場の隅にある、コンクリートの隠し扉を押し開けた。

ぽっかりと、人ひとりがやっと通れる細い通路が現れる。一昨年、「王宮」を復元したとき、密かに造った抜け道だ。この道は、自分以外誰も知らない。

入り口に置かれた懐中電灯を点けて、トンネルのような通路を進んだ。

三分も歩くと、細い数段の階段があって、取り壊しが決まっている無人のビルの地下に出た。

シルバーグレーのヴィッツが止まっている。

乗り込むと、ダッシュボードに目をやった。

中に拳銃が入っている。

扱い方は知っている。休暇でアメリカに行き、何度も撃った。

オキタキはシフトレバーを押して、車を出した。

約束の場所で、あの人を待つ。

＊

テントの中は薄暗く、むせかえるように暑い。

堀口和夫は十数人の県庁幹部たちとともに、中央の柱の陰に立っている。

眼前には銃口。

黒色の戦闘服に身を包んだ、きついアイラインの虎の目のような女が、無言で銃を構えている。

ひりつくような時間が流れている。

香山がソファーセットに座り、正面の安里に銃を向けている。

「さあ、知事殿。残り時間が一分を切った、ご決断の時間だ」

香山が腕時計を見、笑うように唇をゆがめた。

その硬質な声は、銃撃の直後、現場のマイクから流れ出たものだった。

堀口も天井にぶら下げられた時計を見た。

九時五十九分。

香山が安里に要求を突きつけ、決断を迫っている。

〈万座毛の集会は、治安部隊の砲撃により粉砕された。この事態を受け、知事として宣言せよ。沖縄の独立を。そして要請せよ。中国に、武力による救援を〉

安里の顔は、紙のように白い。

乱入直後に、香山たちはたて続けに発砲、堀口たちは人質になった。だが、人質はテントの中の人間だけではない。安里が要求を拒否した場合は、香山の合図で万座毛の数か所にテロリストたちによってロケット弾が撃ち込まれる。海岸から避難し、身を寄せ合っている市民たちに向かって……。

おそらく、数千人が死ぬ。

一連のテロはすべて中国が仕組んだ。そして香山は、幹部自衛官でありながら、中国の手先となって日本を売ったのだ。

堀口は血がにじむほど唇を噛んだ。

香山の存在に、もっと早く気づくべきだった。

冽丹の機密を知る堂本次官の直系。その関係を知った時点で、「羅漢」強奪の嫌疑を向けるべきだった。阿久津たちが早々に目をつけ、「羅漢」のありかを突き止めようと追っていたのは香山要だったのだ。

もしかして香山が、という考えは一瞬脳裏に浮かんだ。だが自分は、まさか幹部自衛官が、という先入観に惑わされ、深めることができなかった。

「あと、三十秒、どうする？」

香山が催促するように銃身を振った。

安里が指で縁なし眼鏡をずり上げた。

テントの中には、ビデオカメラと照明器具がセットされている。ネットを通じて県民に呼びかけるために、安里が用意させたものだという。カメラの前で安里が独立を宣言すれば、映像は瞬時に世界を駆けめぐる。

状況はきわめて悪い。

堀口は身震いした。

もし、安里が香山の要求をのめば、無数の中国艦船が、ここぞとばかりに沖縄本島に押し寄せる。知事の正式な要請だ。しかも沖縄では、すでに県民投票で独立支持の結果が出ている。世界は明らかな民意とみなし、大義名分は十分に立つ。合法的に沖縄に侵攻する、それが中国の初めからの企みなのだ。

日本政府はどうするか。

当然のことながら、安里の宣言を一蹴し、自衛隊の総力を結集して中国に対峙する。

アメリカはどうするか。

尖閣なら放置だろう。だが、沖縄本島となると話は別だ。指をくわえて見ているはずがない。第七艦隊を差し向け、臨戦態勢に入るだろう。

十数時間後には、東シナ海で、日米の大艦隊と中国の大艦隊がにらみ合う、まさに戦争直前の危機が出現する。

しかし、安里が拒否すれば……。

時計の針が動いた。

あと十五秒。

どうする？

どうする？　知事……。

堀口は、心臓の拍動が頂点に達して胸が張り裂けそうだった。

「あと、十秒。どうするんだ！　安里！」

香山が肚の底から怒声を上げげた。

秒針が時を刻む。七、六、五……。

「砲撃用意！」

香山が虎目の女に命じた。

「待ってくれ！」

安里が蒼白の顔を上げた。


カメラの前の照明が灯った。

薄暗いテントの中で、その一画だけが煌々と輝いた。

五台のモニターの黒い画面が一斉に明るくなって、ずらりと安里の顔を映し出した。

細面に縁なし眼鏡。きっちり七三に分けた髪。眼鏡の奥の双眸は、光を失って虚ろに見える。

安里は沖縄の地図をバックに机に座り、中継の合図を待っている。

「始めろ」

カメラの脇に立つ香山が声をかけた。

県庁の職員が手を振った。カメラの赤いタリーライトが点灯した。

映像が世界に流れ始めた。

「みなさん、私は沖縄県知事の安里徹であります」

声は心なしか慄えているようだ。だが、意外なほどはっきりとした口調だった。すでに腹を括ったのだろうと堀口は思った。

安里が嚙みしめるように続けた。

「昨日、私は日本政府に対し、治安部隊の沖縄からの全面的な退去を求めました。そして多くの沖縄県民とともに、ここ万座毛に集い、それこそすがるような思いで、政府の対応を見守っておりました。

しかし、刻限を待たずに示された日本政府の回答は、万座毛に参集した沖縄県民に向かって砲弾を撃ち込むという、言語道断なものでした。

私たち沖縄県の期待は、無残にも打ち砕かれたのです。

この事態を受けて、私は、いまここに、沖縄の日本からの独立を宣言いたします。

沖縄県民の独立の意思は、すでに先の県民投票ではっきりと示されております。

私は、日本政府は沖縄のこの決断を従容《しょうよう》として受け入れるべきだと思います。しかし、まことに残念ながら、もはや日本政府にその望みを託すことはできません。おそらく日本政府は、アメリカの援助を得て、沖縄の独立を阻止すべく武力での制圧に乗り出すでしょう。私は知事として、沖縄の意思が、これ以上踏みにじられるのを許すことはできません。

私は沖縄の独立を実現するため、隣国である中華人民共和国に対し、軍事的な救援を要請する決意であります。県民の皆さまの中国への不安は承知しています。しかしいま、他に頼れる国があるでしょうか。

中国政府におかれましては、沖縄の置かれた理不尽な窮状を察し、これに応じてくださるよう、強く求めます。

刻限はあすの正午であります。

それまでに日本政府が沖縄の独立を承認し、一切の武装勢力の退去を宣言することを求めます。そして、もしそれが為されない場合には、日米の武力攻撃から沖縄県民を守るべく、中国に対し、軍事力による介入を要請いたします。

繰り返します。刻限はあす正午であります。あす正午に、私は再びこの場から、全世界に向けてメッセージをお伝えします。

そこで私が、喜びに満ちた表情で、円満な独立をご報告するのか、それとも苦渋に満ちた表情で、中国に軍事介入を要請するのか、それは一重に、今後の日本政府の対応にかかっています。

最後に、私は、全世界の人々にお願いいたします。

どうか、沖縄の止むに止まれぬ決断を理解し、支援の手を差し伸べていただきたいと。以上であります」

カメラに向かって安里が深々と頭を下げた。

タリーライトが消え、モニターの画像が沖縄の地図に切り替わった。

堀口は固く組んでいた腕をほどいた。

中継は終わった。

そして、戦争の幕が開いた。

時計の針は十時三十分を指している。

刻限まで十三時間と三十分。

数分後には、世界中の外交官が一斉に動き出す。国連の安保理が緊急招集され、武力衝突の回避に向けて、話し合いが始まるだろう。

だが、どんな交渉がなされようと、日米が沖縄の独立を承認することなどあり得ない。

日米中の軍事衝突が回避できるとすれば、独立を宣言し、中国に介入を要請した安里自身が、その声明を撤回することだけだ。

「安里！　一緒に来るんだ！」

香山の声がした。

安里の腕をつかんで引き立て、出口に向かう。安里は俯き、虚脱したような表情だ。キーマンの安里を、刻限までどこかに監禁するつもりだ。安里を説得する機会を失えば、軍事衝突は避けられなくなる。

「待て！」

喉の奥から声を絞り出した。

虎目の女が銃口を向け、ものも言わずに発砲した。

弾丸が堀口の頬をかすめ、後ろのテントをぶち抜いた。

香山がちらりと振り向いた。

目に笑うような色が浮かんだ。

眼前を、香山に銃を突きつけられた安里が通過し、テントの外に消えた。

すぐに車の発進音が聞こえた。

「くそ！」

堀口はテントの外に飛び出した。

「ジープ！　連続する二台のジープを止めろ！　知事が人質となっている！　絶対に万座毛から出すな！」

堀口は走りながら、警察無線で絶叫した。

ちくしょう！

瞼に、香山の笑うような目が浮かんだ。


多重無線車に駆け込むと、堀口は警察庁に通じる臨電の受話器を引っつかんだ。

二台のジープは、銃を乱射しつつ警官隊を振り切って万座毛のゲートから逃走した。しかも、追跡した警官隊は、出口付近で治安部隊に行く手を阻まれた。治安部隊の士官によれば、副旅団長の香山一佐から、何者も万座毛から出すなとの命令を受けているという。

旅団長らが那覇にいるいま、香山が治安部隊の現場指揮官だ。士官たちは命令には抗えない。おそらく、象の鼻への砲撃も、香山が本省からの指示と偽って実行したに違いない。

「十五旅団副旅団長の香山要が、中国と結託して反乱しました！　香山は万座毛を出て逃走中、至急、治安部隊の封鎖を解くよう、防衛省と掛け合ってください！」

通話口に向かって怒鳴るように叫んだ。

警察庁本庁は事態がすぐには呑み込めないようだった。まさか副旅団長が、という思いが状況の把握を阻むのだ。

「信じ難いが事実です！　香山は県知事の安里を連行しています。早くしないと、知事の生命が危ない！　知事が死ねば、中国の侵攻を止める術がなくなります！」

堀口は青筋を立てて声を嗄《か》らした。

「大至急、確認の上、連絡する！」

本庁はそう答えて通話を切った。

「部長、総理の会見が始まります」

背後で理事官の声がした。


多重無線車のモニター画面に、首相官邸の一階にある記者会見室が映った。

演壇の背後にかかったワインレッドのカーテンが、強い照明を浴びて、赤々と光沢を放っている。奥の壁をカメラの放列が埋め尽くし、席は記者たちでぎっしり埋まっている。

すぐに首相の牧洋太郎が現れた。

正面の一点を見つめ、記者席の前を横切って足早に演壇に進む。ぎょろりとした目に太い鼻。大づくりな顔が、いくぶん青ざめて見える。五十代の若々しさが影をひそめている。

いま、この国に、対中戦争と国家分裂という最大の危機が、津波のように押し寄せている。怒りで腸《はらわた》が煮えくり返っているだろう、と堀口は思った。

首相はつい先ほど、アメリカ大統領と電話会談したという。

沖縄の独立は叩きつぶす。日米同盟の総力を結集して中国を撃退する。たぶん、そんな方針を確認し合ったのではないか。事態は急速に戦争に向かって突き進んでいる。

牧が演壇に立った。

そしてテレビカメラの放列を見すえ、沈痛な面持ちで口を開いた。

「まず、最初に申し上げます。沖縄の万座毛に展開している治安部隊が、テロリストを掃討中、なんらかの手違いが発生し、集会参加者が集う周辺に砲弾が撃ち込まれました。幸い、現時点では、数名の軽傷者を除いて、死者などは報告されておりません。しかしまことに遺憾な事態であり、私は総理として、沖縄県民の皆さまに、深くお詫びいたします。

沖縄県の安里知事は、この事態をとらえて、政府が砲弾を撃ち込んだ、と非難しております。誓って申し上げます。政府が治安部隊に対し、沖縄県民への砲撃を命じた事実は断じてありません。

政府としては現在、なぜこのような深刻な手違いが生じたのか、全力を挙げて調査中であります」

牧はそこで言葉を切り、ゆっくりと記者席を見渡した。

首相は記者たちを焦らしているのだ、と堀口は思った。記者たちは急くように次の言葉を待っている。独立宣言と中国への対応の言葉をだ。

牧が表情を平静に戻して続けた。

「先ほど沖縄県知事が、あす正午までという刻限をもうけて、日本政府に対し、沖縄の独立を要求いたしました。安里知事は、日本が独立を承認しない場合には、中国に軍事介入を要請すると言明しております。

まことに、まことに、耳を疑う、信じ難い暴挙と言わざるを得ません。

日本政府としては、中国政府に対し、この暴挙に与《くみ》せず、日本との友好関係を維持、継続されるよう強く求めます。

安里知事は、独立の根拠として、先に沖縄で行われた県民投票の結果を持ち出しています。独立支持が過半数を得たのだと。

沖縄の皆さま。

私は県民投票の結果を、極めて重く受け止めております。ここまで皆さまを追い詰めてしまったものはなんなのか、痛切な反省に立って、これまでの政府のやり方を一から点検し、抜本的に見直すことをお約束いたします。

しかし同時に、ここで皆さまに明確に申し上げておかなくてはならない、厳然たる事実もございます。

それは、あの県民投票は、沖縄県が日本からの独立を主張する法的根拠にはなり得ない、ということであります。

皆さま、どうか考えてみてください。

どこかの県や市が、勝手に住民投票をし、そこで過半数を得たからといって、ハイ、日本から独立します、と言う。そんな話が認められるでしょうか。では沖縄の次に、例えば青森県が同じ手法で、独立します、と言えば、それも認められるのでしょうか。カリフォルニア州が、アメリカから独立します、と宣言したら、アメリカ大統領は認めるでしょうか。

そもそも日本の法律は、すべての地方自治体に、日本から独立するなどということを認めてはいないのです」

牧はそこで言葉をとぎらせ、一転、口調をやわらげた。

「沖縄県に限らず、どの県にも、市にも村にも、政府に対する不満はあります。しかし、それを話し合いで解決しながら、互いに痛みを分かち合って進む。それが国家というものではないでしょうか。安里知事のやり方は、明らかにこれに反します。

しかしながら私は、いまここで、沖縄の独立は認めない、とは断言しません。その前に、もう一度、安里知事と話し合い、相互の溝を埋める努力をいたします」

堀口は舌打ちした。「溝を埋める」はただのポーズだ。いま認めないと宣言すれば、安里のバカは直ちに中国に介入を要請する。そう考えているのだろう。

「沖縄県の皆さま――」

牧が口許にかすかな笑みをつくった。

「私は、皆さま方に、いまこそ沖縄の将来を見つめ、冷静に行動されるよう、心から呼びかけます。

私は、皆さまに、顧みて頂きたいことがあります。それは、日本に返還されて以降この四十数年間に、沖縄が成し遂げためざましい発展であります。生活の向上であります。

独立を口にするのは簡単です。しかし、沖縄単独で、県民のいまの豊かな暮らしを維持することが可能なのでしょうか。安里知事に、本土との協力なしに、沖縄の経済を発展させる具体的なプランがあるのでしょうか。安全な暮らしを守る安保政策があるのでしょうか。

沖縄県民の皆さま。

この危機を克服し、今後も日本国の一員として、いま以上に固く連携し、ともに発展していこうではありませんか。そのために政府としては――」

堀口はモニターから目をそらした。

首相は、事態を引き起こした張本人が自衛官の香山要であることを、まだ知らない。だが、たとえ知ったとしても、政府の方針は変わらない。そのことが、いまわかった。

沖縄の独立は叩きつぶす。そして、沖縄に巣くう反乱の芽を、徹底的に排除する。それが牧の腹だ。

安里が香山に脅されていたとわかったあとも、政府は真相を明らかにせず、一切を安里にかぶせる。すべては安里が、中国とつるんでしでかした反乱、そう位置づけてフタをする。アメリカとともに中国を撃退した後、安里以下、いまの沖縄県の指導者を外患罪で逮捕する。

「刑法第八一条　外国と通謀して日本国に対し武力を行使させた者は、死刑に処する」

外患誘致は最も重い犯罪で、刑罰は死刑だけだ。

安里が治安部隊の退去を命じ、独立を口にしたときから、彼の運命は決まっていたのだ。ヤマトは永遠に沖縄を服従させる。逆らうウチナーンチュは殺す。大昔に薩摩が琉球を征服したときから、そのやり方は変わらない。

時計を見た。

十一時三十分。安里のスピーチからちょうど一時間が経った。

警察庁と防衛省の話がついたのは、午前零時前だった。治安部隊が出口の封鎖を解除、県警の機動捜査隊が香山の追跡を開始した。治安部隊の一部もこれに協力、中国兵の反撃に備えて、武装部隊が機動捜査隊に追随している。

堀口は多重無線車の中で、ようやくほっと息をついた。

あとは彼らからの連絡を待つしかない。

つかの間の静寂。

だが、それはすぐに破られた。

「機動捜査隊から入電！」

無線司令の緊迫した声が飛んだ。

どうした？

堀口は眉を寄せた。機動捜査隊が万座毛のゲートを出てから、まだ十分ほどしか経っていない。香山らに追いつくには早過ぎる。

昂奮した、急くような声が無線機から流れ出た。

〈中国人五名の死体を発見。いずれも射殺されている！〉

なんだって！

堀口は無線台に突進した。

〈安里知事を連行した一味とみられる。繰り返す。中国人五名の射殺死体を発見。安里知事を連行した一味とみられる。位置は、国道五八号上、万座毛から那覇方面に一五キロの地点〉

「安里は？　香山は？　二人はどうした！」

〈死亡者の中に二人の姿はありません。国道上に残されたジープは一台、もう一台のジープは

逃走した模様です。路上に残されたジープ内に四名の死体、道路上に女一名の死体を放置。いずれも中国人とみられる〉

な、なにが起きた……。一体、どうなっているんだ……。

堀口は落ち着こうと深呼吸した。

十数秒後、ようやく頭が動き始めた。

様々な可能性が考えられるが、最もあり得るのは、香山が中国人工作員らを殺した、ということだ。

香山は中国を裏切ったのか。

日本を売り、次に中国をも裏切ったのか。

そして安里を連れて逃走している。

香山はなにを考えている？

一体、なにをする気だ？

〈本隊は五八号を南下、もう一台のジープを追跡する。現場保全及び鑑識の要あり。至急、応援を願います〉

「了解。追跡を続行せよ。至急、応援を差し向ける」

呆然とした堀口の横で、無線司令がきびきびと応答した。

堀口は多重無線車を檻の中の熊のように歩き回った。

すでに零時を大きく回り、刻限まで十二時間を切った。

思い当たるのは、香山は「羅漢」を掌中に収めているということだ。尖閣の帰趨を握る古文書を切り札に、なにかを企んでいるのか。

こうしている間に、もし安里が香山に殺され、きょうの正午にここに現れなければ……。

そのときは、日米中を巻き込んだ大戦争が勃発する。

香山のキャリアの中に、奴の企みを解くヒントがあるかもしれない。

堀口は、検索のため、胸ポケットからスマホを取り出した。

秋奈から何通もメールが入っている。

嫌な予感がして、急いで開いた。

なんだって？

ぎゅっと眉根を寄せた。

メールを読む目が、みるみるうちに見ひらかれ、全身が硬直した。

どういうことだ？

息を詰めて続きを読んだ。

どういうことだ……。

「なんだッ、これは！」

堀口は大声で叫んでいた。

＊

前方に小さな光の点が浮いた。

対向車だ。

秋奈はブレーキを踏んだ。

この道を、こんな時間に……。

対向車は前照灯を上げたまま、急速に近づいてくる。

眩しさに目を細めた。

ビームくらい下げなよ！

山道の幅は、二台すれ違うのがやっとだ。対向車は譲る気配もなく、強引に突っ込んでくる。

レオを道路際いっぱいに寄せた。

勘弁してよ、急いでるのに……。

前照灯がゆれてギラつく。

対向車はジープだ。

サンキューの警笛も鳴らさず、ゆっくりと脇を通過する。

図々しい！

キッと車内をにらみつけた。

運転席にキャップをかぶった治安部隊員が見えた。眼つきの険しい、頬のそげた男だ。

その横の助手席には、背広姿のひょろい男が座っている。

ええっ！　目を見ひらいた。

まさか……。

ライトの光で、窓越しにはっきりと横顔が見えた。

間違いなく安里だ。記者会見で見慣れた顔。車内にいるのは、ついさっきカーラジオで聴いた、独立を宣言した安里知事だ。

すぐに安里は後ろ姿になり、ジープは速度を上げて遠ざかった。

秋奈は弾かれたようにアクセルを踏んだ。

追跡だ！　どっかでUターンを！

懸命に目玉を動かして道のふくらみを探した。

ずいぶん走り、ようやく道の左の山肌に、えぐられたような窪みを見つけた。

車を突っ込み、切り返しを繰り返した。

もどかしくてイライラする。

ようやくレオを逆に向け、思いっきりアクセルをふかした。


秋奈は目を凝らして、フロントグラスを見すえ続けた。

ジープはまだ見えない。

安里は、これからなにをしようとしているのか。

不安が胸を締め上げる。

恩納国史が送ってくれた写真。

真栄原の少女のかたわらに立っていた男。

それは、若き日の安里徹だった。

真栄原の少女が安里と通じていたとすれば……。

県知事の立場であれば、冽丹のことを知っていたかもしれない。たとえ知らなくとも政府高官から訊き出すことは可能だったのではないか。

そして、安里の情報をもとに、真栄原の少女が冽丹を誘き出し、殺害して「羅漢」を奪った。

すべての辻褄が合う。

その直後、脳裏に県警本部長の死に顔がよみがえった。

あの日、本部長が県民集会に来ることは、誰も知らなかった。秋奈はもちろん、琉日の敏腕記者でさえ知らなかった。

だが、狙撃犯は知っていた。

どこからその情報を得たのか？　それが、胸に燻り続けた疑問だった。

安里なら確実に知っていた。それどころか、集会で県民に謝罪するよう、本部長に命じることも可能だった。

心臓がドクドクと音を立て、強く拍動し始めた。

もし、安里が県警本部長を殺した黒幕だとすれば……。

「羅漢」を奪い、オスプレイを撃墜し、米軍司令官を暗殺した真の首謀者だとしたら……。

戦慄が電流のように背中を走り抜ける。

突然、携帯が鳴った。

着信表示に目を留めた。

堀口だ！　よかったぁ。無事だったんだァ。

安堵で力が抜けていくようだ。通話にし、携帯をハンズフリーにした。

「いまどこだ！」

怒鳴るような声がした。あの堀口とは思えない。

秋奈は、安里が治安部隊員とともに山道を那覇に向かっていると告げた。

「山道って、どこの！」

「地図には載ってないと思う。地元の人間しか知らない抜け道。暁山の山道っていえばわかるかも」

〈アカツキヤマの山道って知ってるか！〉

堀口が誰かに叫ぶ。

〈ああ、ああ、よし！〉という声が聞こえた。

〈那覇からも向かわせろ〉

〈了解！〉

〈ヘリも出しますか〉

〈出してくれ！〉

電話の向こうの喧騒の中で、堀口と警官たちのやり取りがしばらく続いた。

「場所はわかった。警官隊がすぐそっちへ行く。メールは読んだ。安里と一緒にいるのは、第十五旅団の副旅団長、香山要だ」

あっと膝を打った。そういえばあの顔は、確かにそうだ。治安出動の取材で追いかけた、地元部隊のキーマン。さっきは安里に気を取られ、気がつかなかった。

「安里と香山は、多分、つるんでいる。二人でテロを起こした」

「まさか、自衛官が……」

堀口が万座毛での一連の動きを手短に説明した。砲弾が墜ちた状況、テントの中の安里と香山、そして二人の逃走……。

「そうかあ、そういうことだったんだ」

「いまは、ともかく、一刻も早く安里を拘束する、拘束して、軍事介入をやめさせる、それが第一だ。そうでないと戦争が始まる」

「もちろん！」

「あとは警察がやる。安里たちをヘリで追尾する。キミは追跡をやめて万座毛に来てくれ」

「了解」

そのとき、前照灯の光を受けて、紅色のテールランプが反射した。

香山のジープだ。

「安里発見！」

「近づくな！　危険だ！」

堀口が叫んだ。

「わかった」

「車を止めていまの位置をもう一度知らせてくれ」

「暁山の山道、那覇からだいたい、一時間の距離」

「了解！」

携帯を切って、レオの速度を落とした。

不意に、「琉球の王妃たち」に記された台詞が頭をよぎった。

『あなたが王になる。いつの日か、この琉球の王になる』

もしかしたら、安里と香山、そして真栄原の少女は、オキタキと羅漢の夢をなぞろうとしているのかもしれない。五百年前の、琉球征服の夢を。

テールランプが大きくなった。

ジープは停止している。

なにをしてるの？

秋奈は接近した。


レオを止めた。

目を凝らすと、前方に止まった暗緑色のジープには、人影がない。

懐中電灯をダッシュボードから取り出した。

近づくな！　危険だ！

堀口の声が耳をよぎった。

でも、人影がないんだもの……。

レオを降りて、ソロリと近づいた。

ジープはエンジンを切っている。

恐る恐る中をのぞき込んだ。

暗い。

懐中電灯で照らした。

「きゃあああーッ！」

秋奈は悲鳴を上げて飛びすさった。

フロントシートに血に染まった男が倒れていた。

足がもつれて地面に這いつくばった。

治安部隊の制服が目に灼きついた。

香山が、香山が……。

ぜいぜいと息をついた。

はやく、はやく堀口に……。

辛うじて起き上がり、よろめくようにレオに戻った。

堀口は、無線司令に状況を告げると、動転する秋奈に車から出ないよう、重ねて言いふくめた。

安里の魂胆が見えてきた。

独立して大統領ってことか！

安里はこれまでのテロをすべて香山におっかぶせ、口をふさいだ。

そして正午に、何食わぬ顔で万座毛に戻る。その頃には、日本が戦争回避のため、独立を承認している、そう考えているのだろう。もし承認しなくとも、中国の傀儡として沖縄に君臨する。その腹だ。

くそォ……。

思わず唇を噛んだとき、

「堀口くんッ！」

頭の上で、甲高い声がした。

見上げると、ヘルメットに覆われた猛禽類のような顔があった。

桐島本部長……。

生きてたのか……。

出かかった言葉をすんでのところで呑み込んだ。

桐島め、銃撃や砲撃が怖くて、ほとぼりが冷めるまで、どっかで身を潜めていたに違いない。

だが、口は例によって勝手に動いた。

「よくぞご無事でっ！」

「うむ。危ないところだったよ」

「大城刑事部長は？」

「大城くんも無事だ。銃撃で私は転んでしまってね。防弾チョッキが重くて起き上がれず、仰向けの亀のようにもがいていたら、大城くんが引き起こしてくれたんだよ」

余計なことを……。
秋奈は両手で顔を覆って、レオの中で震えていた。
胸の拍動が止まらない。
香山の死に顔がちらつく。赤黒い血の色が瞼にこびりついている。
香山を殺したのは安里だ。それ以外、考えられない。
沖縄県知事が殺人を犯した。
信じ難い現実だ。前代未聞の凶事が起きた。
ボリュームを落としていたカーラジオから、小さくアナウンサーの声が流れてくる。
《防衛省によりますと、東シナ海を中国艦隊とみられる、数十隻の大船団が、沖縄に向かって航行しています》
《政府は、護衛艦七隻を佐世保から沖縄に派遣するとともに、中国軍が尖閣諸島に上陸する恐れがあるとして、自衛隊員百名をオスプレイで魚釣島に向かわせました》
《アメリカ国防総省の報道官は十九日、第七艦隊の原子力空母「ロナルド・レーガン」を中心とする戦闘部隊が、横須賀を出て沖縄に向かったと言明しました》
《フランス大統領は、日米中の三か国に対し自制を求める声明を出すとともに、国連に緊急安保理の開催を要求しました》
ああ、いまにも戦争が勃発しようとしている。
こんなときに、こんなことが……。

沖縄は、一体、どうなってしまうのだろう。

バタバタと頭上で騒音がした。

ヘリだ！

目を上げた。

上空をサーチライトの白い光が猛スピードで過ぎ去った。

一瞬、機体に赤い縦のストライプが見えたから、沖縄県警のヘリ、「なんぷう」にちがいない。

たぶん、安里は車を乗り換えて逃走している。山道の周囲は人家のない、真っ暗な荒野だ。ライトをつけて走る車を、ヘリはすぐに発見するだろう。

と、いうことは……。

そうだ、あのサーチライトの下には安里がいる！

とたんに、おののきが潮のように引いて、代わりに固い戦意のようなものが胸に芽生えてきた。

ヘリを追い、安里拘束の瞬間を撮る。

「スクープだ！　これを追わなきゃ記者じゃねえ！」ってなことを、デスクの宮里なら言うだろう。

でも、自分の狙いはそこじゃない。

できればその前に、安里と話すのだ。

安里がすべての黒幕だとすれば、彼は知っているはずだ。洌丹のことを。なぜジュラケースに爆薬を仕掛けたのか、その理由を。そして「羅漢」に記された、琉球王朝が尖閣を支配していたことを示す史実の中身も。

ガバリと躰を起こして、シフトレバーをドライブに叩き込んだ。

ヘリは、やがて山の上空を大きな弧を描いて旋回し始めた。

その輪の周囲をレオでゆるく回りながら、チャンスを待った。

安里車を捕捉すれば、ヘリは低空でホバリングするだろう。その下に走り込むのだ。

しかし、ヘリの旋回は一向に終わらない。

なにやってんのよ……。

秋奈はイライラしながら空を見つめた。

警察はすぐに地上からも大捜索をかけるだろう。警察車両が大挙して現れれば、拘束前に安里に話を聞くことは不可能になる。

早く、見つけて！

苛立ちをぶつけるように、バンバンとハンドルを叩いた。

腕時計を見た。針は午前二時を指している。開戦の刻限まで、あと十時間となってしまった。

「なんぷう」は、依然として広範囲を、当てどなくぐるぐると飛び回っている。

とうとう、はるか前方の山の中腹に、赤色灯を輝かせたパトカーの列が見えてきた。県警の大捜索部隊だ。その後方には、大名行列のように、テレビ局の中継車をはじめ無数の取材車が連なっているにちがいない。

「あーあ……」

落胆の声が漏れた。

もう、ダメだ。

安里が拘束されたあかつきには、屈強な記者とカメラマンたちがイノシシの群れと化して突進し、秋奈など紙くずのように弾き飛ばされてしまうだろう。

スクープの夢ははかなく消えた。姉の死の真相をただす機会も、「羅漢」の記述の中身を知るチャンスも、なくなった。

ったく……。

レオを道の端に止め、シートを倒して躰を伸ばした。疲労がどっと押し寄せてきた。

バッグを探って、のど飴を出して口に放り込んだ。思えば、朝からなにも食べてない。

時間からして、安里の車が、ヘリが来る前に那覇に達したとは考えられない。どこか山中の枝道に分け入り、ライトを消して息を潜めているのだろう。

しかし、それにしても、安里は一体、なにを考えているのだろう。

行動が不可解過ぎる。

飴を口の中でコロリと転がした。

安里は、自分が一連のテロの黒幕とバレたことはまだ知らない。

それに、考えてみれば香山殺害も、銃を突きつけられて拉致されたのだ。正当防衛が成立する。死体を無造作に放置したのは、そう主張するためだろう。

であれば、いま安里が逃げ回る理由はなにもない。

それに……。

シートに転がったまま、頭の下で腕を組んだ。

もっと大きな疑問は、安里が本当に、日本政府が沖縄の独立を認めると考えているのか、ということだ。たとえ日本が認めても、きっとアメリカは認めない。嘉手納基地という、軍事上の要石を中国に渡すはずがないからだ。

首相の牧がアメリカの言いなりであることを思えば、沖縄が独立できる可能性は限りなく低い。そして日米両政府が開戦やむなしで合意すれば、沖縄は戦場と化す。

安里はそれを考えていないのだろうか。

それとも承知の上で、百四十二万もの沖縄県民の生命を張って、一か八かの博打に出た、ということなのか。

だとすれば……。

ウインドウを、ガン！　と拳で叩いた。

安里は狂っている！

《東シナ海を航行中の中国艦隊は、すでに尖閣諸島の脇を通過し、あと数時間で沖縄本島の接続水域に達する見通しです》

カーラジオからのニュースが、刻々と近づく中国艦隊の動きを伝えている。中国艦隊は、演習にみせかけて、安里の声明より前に、寧波《ニンポウ》の海軍基地を出港していたという。軍艦の数は膨大で、中国は本気で戦端を開く気だ。

沖縄はどうなるのだろう。

胃と胸が同時に痛くなってきた。

多重無線車の片隅で、堀口はイライラしながらキシリトールのガムをひとつかみにして頬張った。

安里車発見の一報はまだ来ない。

それに、今後の対応を決める、桐島と警察庁との話し合いがやけに長引いている。

「中国は開戦の腹を括っています。安里を説得し、正午のスピーチで介入要請を取り下げさせる、それしか戦争を止める方法はありません」

さっき、桐島にこれまでの動きを説明し、そう主張した。

「奴が取り下げるわけがなかろうが」

「ならば、ここは一時的にでも独立を承認するしか――」

「アホウ！　馬鹿も休み休み言え！」

それが桐島の反応だった。

桐島だけじゃない。霞が関は国家主義者の巣窟だ。沖縄の独立承認は、猛烈な抵抗を受けるだろう。

堀口自身も、その主張は十分理解できる。だが、いまは、他にどんな選択肢があるというのか。沖縄を火の海にするというなら別だが……。

ガタンと大きな音がした。

多重無線車の扉が開いて、桐島令布が姿を現した。

堀口はガムを吐き出し、ゴミ箱に放り込んだ。

桐島は無線車の中央に仁王立ちになり、大声を上げた。

「政府の決定を伝える。安里徹を外患罪で逮捕、不可能な場合は射殺する！」

バカな！

桐島の前に飛び出した。

桐島が無視して続けた。

「日本政府が沖縄の独立を認めることはあり得ない。したがってこのままでは、安里は本日正午に、中国に対し、軍事介入を正式に要請する。侵攻に口実を与えるこの行為をなんとしても阻止する」

「待ってください！」

堀口は桐島の前に立ちふさがった。

「それでは戦争になります！」

「たとえそうなっても、独立は認めん、それが政府の結論だ。国家として当たり前の話だ」

「いや、しかし……」

「同時に――」桐島が一段と声を張り上げた。

「安里が所持しているとみられる古文書、『羅漢』を確保する。縦二〇センチ前後、厚さ一センチほど、表紙には、深紅の地に黒い龍の絵が描かれている。政府はこれまで極秘にしていたが、この古文書には、尖閣が日本のものだと証明する史実が明記されている。是が非でも入手せねばならない」

「本部長、開戦やむなしというのは早計です。まだ交渉の余地があるはずです！」

「なんだと？」

桐島がぎらりと眼を向けた。

「交渉を拒否して行方をくらませているのはどこのどいつだ！　安里には交渉の意思はない。そう見なさざるを得んだろうが！」

「いや、せめて刻限まで待つべきです！」

堀口は食い下がった。

「うるさい！　これは政府の決定だ！　お前ごとき下僚が云々《うんぬん》する問題ではない！　以後、口出し無用だ！」

桐島は言い捨てると、無線司令に向かって叩きつけるように叫んだ。

「ＳＡＴの狙撃班を万座毛に待機させろ。県警の全部隊を動員、安里の捜索に差し向けろ。ヘリは発見次第、低空で安里車の行く手をふさぎ、逃走する場合は銃撃だ。ただちに発令！」

「本部長……」

堀口は蒼白となって拳を握りしめた。

「くどいぞ！　堀口！」

桐島がくるりと背を向けた。

額からどっと汗が噴き出し、拳が慄えた。

「あなた方は――」

言葉が出かかったとき、背後からポンと肩に手が置かれた。

「堀口さん……」

振り返ると、大城刑事部長の浅黒い顔があった。「よせ」と言うように、鋭く左右に首を振る。

堀口は目を伏せ、ぐっと空気の塊を呑み下した。

(あなた方は、結局、沖縄がどうなってもいいと考えている。そうでなければ、下せる命令ではありません!)

呑んだ言葉が、頭の中で逆巻いた。

「堀口さん!」

大城の語気が強まり、肩に置かれた指に力がこもった。

堀口は奥歯を噛みしめた。

躰いっぱいに、破裂しそうな圧力で怒気が充満していた。

その気圧を抜くように、大きく息を吐いた。

上命下服が警察組織だ。まして桐島が言うように、これが警察庁に伝えられた政府の決定ならば、もう覆らない。

大城を振り返り、わずかに顎を振ってうなずいた。

目を戻すと、傲然とした桐島の背中があった。

絞り出すようにつぶやいた。

だけど、あんたら、そりゃないだろう……。

＊

コツコツと窓を叩く音がした。目を上げると、警官が二人、こっちをにらみつけている。

「ここでなにしてます？」

窓を開けると、叱りつけるような声がした。

慌ててバッグから記者証を取り出そうとしたとき、折悪しく携帯が鳴り、反射的に通話にしてしまった。

「久しぶり……。どうしてる？」

低い声がした。瞬間、顔がゆがんだ。

「待って」

ひと言投げて、警官に記者証を呈示した。

彼らは念入りに確かめ、「報道関係のひとは、あっちで待機してもらえますか。ここは立ち入り禁止なんで」と、山の向こうを指さした。

秋奈はうなずいてレオを出し、少し走って携帯を耳に当てた。

相手は辛抱強く待っていた。

松井彰。東京本社に転勤した全国紙の記者。別れて以来、三年ぶりに聞く声だ。苦い思いが込み上げる。

「そっちは大混乱だな。キミはどう？」

「別に。淡々と取材中」

突き放すように答えた。様子が知りたいなら、自分の社の支局にかければいい。

「うちの幹事長が防衛大臣とそっちに行く。俺も同行する。ちょっとでいい、会わないか」

そう言えば、松井は与党キャップになったと宮里が言っていた。〝うちの幹事長〟だと……。

いつの間にか民自党員になったらしい。胸に汚臭のように嫌悪感が満ちてくる。

「ダメよ。てんてこ舞いだから」

きっぱり断った。

「状況が聴きたいんだ」松井が食い下がってきた。「沖縄県警がトロ過ぎて、現場はムチャクチャらしいじゃないか」

県警がトロい？

火がついたように怒りが湧き上がった。

なにも知らずに偉そうに！

嫌悪が憎悪の塊に変わって、永田町の茶坊主を宇宙の果てに叩き込みたくなった。

「現場はきっちり戦ってるわよ！　あなたと違って！」

吐き捨てるように言って携帯を切った。

堀口の顔がよぎった。

そう、少なくとも彼は奮闘している。身を挺して、精一杯……。

東京では、みんなが勝手なことを言っているのだろう。

松井のことなどはるか彼方に消し飛んで、また堀口のことが心配になってきた。警察庁や治安部隊の圧力で、苦しんでいるのではないだろうか。

指先が携帯の堀口の番号を押していた。

意外にも、堀口はすぐに出た。

「おお……。どこにいる?」

案の定、声がひどく沈んでいる。

「山です。安里の捜索を見ようと思って。それより、どうしたの? 変な声。なにかあったの?」

「別に」

「なにがあったの? 話して!」

秋奈は強く言った。

しばらく躊躇《ためら》うような沈黙があった。それから移動する気配がして、ようやく小さく声が聞こえた。

「安里への対応が決まった。逮捕、もしくは射殺」

「……」

息が止まった。逮捕は建前、本音は射殺だ。政府は沖縄を戦場にする気だ。

「いずれ、沖縄中に爆弾が降り注ぐ、そういうこと?」

「……」

「政府は沖縄を見捨てた。そういうことね?」

数秒の沈黙があって、堀口の低い声がした。

「決定は、もう覆らない。だが、諦めるな。まだ道はある」

「どんな？」

「なんとしても安里を逮捕する。生きたままでだ。そして、説得し、要請をやめさせる。彼も沖縄人だ。むざむざ故郷を火の海にはしまい」

「無理よ！」秋奈は叫んだ。

「政府は安里を殺すわ。殺したいのよ！」

「そうだ。だが、安里を逮捕しさえすればこっちのものだ。身柄は県警の管理下に入る。誰にも手は出させない。大城刑事部長もその覚悟だ」

「……」

「それが残された、唯一の道だ」

「本部長も同じ考え？」

「いいや。口を出すなと言われた」

「そう……」

秋奈は大きく息を吸い込んで言った。

「わたし、戦争になっても、絶対ここを離れない。なにが起きるか、見届けます」

「俺も離れない」

静かな声がした。

「……」

「県民を守る。それが県警だ」

秋奈は携帯をぎゅっと握った。

急に耳の中で、車のアイドリングの音が盛り上がるように高く響いた。

「わかったわ」

それだけ言って通話を切った。

胸がいっぱいに詰まっていた。

堀口は、国を捨て、沖縄についてくれた。

目の裏が熱くなって、上を向いた。

夜空の黒い雲の隙間に、小さく星が見えた。

世界の七不思議が、ひとつ解けたと思った。姉が、なぜダメ芋の堀口を選んだのか……。

気持ちを静めるために、しばらくレオを走らせた。

運転しながら横目で見ると、山のいたるところに警官がいて、犬まで出して大がかりな山狩りを行っている。

東の雲が紅色に染まり、薄明が辺りを包みはじめた。

安里はまだ見つからない。

空が急速に明るさを増していく。

このまま安里が見つからなければ、中国は日本が拉致したとみなし、戦争になるだろう。

ラジオのニュースが国連安保理の動きを伝えている。

戦争回避に向けた、ヨーロッパ首脳たちの仲裁交渉は、ことごとく失敗している。中国は、独立が民意を得ていること、介入が首長本人の要請であることをたてに、日米を非難、これにロシアと中東諸国などが同調、対するアメリカは、強硬に迎撃を主張している。

完全に陽が昇り、セミの声さえ聞こえ始めた。

時計を見ると、午前六時五分。

刻限まで六時間を切った。

安里は万座毛に沖縄県民を集結させた。それは、独立への民意を強烈に世界にアピールするためで、ニュースを聞く限り、その目論見は成功している。

レオを止め、ダッシュボードを開いて沖縄の地図を取り出した。

万座毛は那覇から車で一時間半ほどの距離だ。北側は海に面しているが、南側には広大な山野がひろがり、山中を毛細血管のように枝道が走っている。

たぶん、安里は初めから、この山野のどこかに潜むつもりだったのだろう。車が発見できないのも、あらかじめ隠れ家を用意していたからにちがいない。

アピールと逃走という、二つの要素を満たす周到な計画。

安里を車で出迎え、一緒に逃走しているのは、真栄原の少女だ。そして彼らの手元には「羅漢」がある。

「『羅漢』かぁ……」

ふと思いついて、ダッシュボードから、こんどは世界地図を引っ張り出した。

阿久津によれば、北京の故宮博物院に収蔵されていた「羅漢」は、南京に移され、軍人甲斐猛の手に収まって上海に行った。甲斐はその後沖縄戦に加わり、摩文仁の洞窟で自決した。

北京、南京、上海、沖縄。

目で地図を追った。

こ、これは……。

秋奈は息を呑み、不気味さに身震いした。

＊

東京汐留にあるAP通信東京支局にその映像が送信されたのは、午前九時ちょうど、中国の軍事介入の刻限まで三時間に迫ったときだった。

東京支局の記者、ロバート・リュウは、その一時間前に、沖縄県庁職員を名乗る女性からの電話を受け、非常に重大な映像なので是非一見してほしいと言われていた。

日本語が達者なロバートは、以前、沖縄の基地問題を取材したことがあり、安里にインタビューしている。電話の女性はその様子を熟知していたから、まんざら悪戯でもなかろうと、指定された時刻にパソコンの前に座った。

送信された映像を見たロバートは、椅子から転げ落ちそうになった。そこには、いま世界を震撼させている沖縄県知事、安里徹が映り、笑みをたたえてスピーチしていた。

同じ映像は、同時にロイター通信の東京支局にも流され、ユーチューブに投稿されて、瞬く間に世界中にひろがった。

日本のテレビ各局もただちに放送、永田町と霞が関は大騒ぎになった。

「私は、沖縄県知事、安里徹であります」

安里は濃紺のスーツで、薄い緑の織布を背に机の前に座っている。映像は家庭用のホームビデオで撮られたらしく、エッジがやや甘いが、明瞭な画像だった。

「刻限より三時間ほど早いのですが、ただいまから世界中の皆さまに、私からのメッセージをお伝えします。内容は、沖縄に関わる歴史的な事実と、戦争を回避するための和平案であります」

安里は机に置いた一冊の書物を持ち上げた。

「まず最初に、私は全世界の皆さまにお目にかけたいものがあります。それは、いまからおよそ五百年前に書かれたこの書物であります」

安里が書物をカメラの前に突き出した。

紅色の背景から真っ黒な龍が浮き上がる表紙。

「この書物の名は、『冊封使録・羅漢』。一四七二年に琉球を訪れた、若き冊封使が記したものであります。この書物の中には、現在の尖閣諸島をめぐる日中の領有権争いに終止符を打つ、重大な事実が書かれております」

安里は「羅漢」を開き、丁寧な楷書で書かれた文面を指さした。

カメラが文字をアップで追った。

レオの中でスマホを見ていた秋奈は、息が止まりそうになった。

あの記述だ。

阿久津が隠した、琉球王朝が尖閣を支配していたことを示す決定的な史実。

目を皿のように見ひらいて、顔を画面に近づけた。

「〈琉船、四月ヨリ釣嶼《ちょうしょ》ニ夷番《いばん》シ、貢船ヲ護駕ス。敵ニ遭イテハ、小艇十数ヲ率イテ嶼ヨリ出、諸軍、敵船ニ渡リテ是ヲ誅ス〉」

安里は、ゆっくりと「羅漢」の一文を読み上げた。

「これが、尖閣問題に決着をつける史実であります。

『琉球の船が四月から魚釣島に駐留し、進貢船を護衛する。敵が現れると、小船を率いて島から出動し、兵士が敵船に乗り移ってやっつける』

という意味であります。

ここで言う敵というのは、当時この海域を荒らし回った海賊、倭寇《わこう》のことです。この記述は、明の時代から、琉球が魚釣島を軍港として活用し、倭寇の取り締まりに当たっていた事実を物語ります。つまり、軍事警察権という、きわめつきの主権行為が、琉球王朝によって行使され、当時からこの海域が、琉球の支配下にあったことを明白に示しています。

五百年前、冊封使たちが中国と琉球の往復に使った、尖閣諸島の北側を通る航路は、琉球にとって非常に重要な航路でした。

明・清の五百年間に、中国から琉球へは、冊封船が二十四回往復しただけですが、同じ航路を使って琉球から中国へは、貢ぎ物を運ぶ進貢船などが三百回以上往復しました。ベトナムやマラッカなどへ行く貿易船は、もっともっと頻繁に往き来しました。

そこに出没する倭寇は、琉球にとって大問題だったのです。

おそらく、琉球の軍船は、四月から魚釣島に駐留して倭寇を取り締まり、海が荒れる冬になる前に那覇に帰ったのでしょう。そして、倭寇が力を失うにつれ、軍船も来なくなった。この記述を見れば、世界中のどの裁判官も、尖閣周辺の海域は当時から琉球が支配しており、そこにある島々は琉球の領土であると認定するでしょう。そして――」

安里が決然と眉を上げた。

「実は、中国政府も、すでにこの書物の存在を把握しています」

ついに、「羅漢」の決めの一文がわかった。

この一文のために、姉は命を落としたのだ。

秋奈は、スマホに映し出された安里の顔を、食い入るように見つめ続けた。

画面の中で、安里が笑みをたたえた表情に戻った。

「世界中の皆さん。特に、日本と、中国と、アメリカの皆さん。私はいま、尖閣諸島を、新たな独立国、琉球国の領土と確認しました。日米中の三国も、この事実を即刻、受け入れると信じます。その上で、私は戦争を回避するために、次の提案をしたいと思います」

安里は、尖閣の資源を、琉球国と、中国、アメリカ、そして日本の四か国で共同開発するよう提案した。その利益配分は、五対三対一対一にすると述べた。

さらに、沖縄の米軍基地は、嘉手納一か所にとどめるものの、存続を容認すると明言した。

そして、日米中の三国がこの和平提案をのむならば、中国への軍事介入要請を行わない、と言明した。

「う――ん……」

秋奈は、身をそらせて唸った。

これが、安里の初めからの目論見だったのだ。

いま、戦争勃発の危機を前に、ひりつくような緊張が世界中を覆っている。各国が戦争回避に向けて、日米中の説得に動いている。刻限まで三時間を切ったこの段階で、当事者から出された和平案をアメリカも中国も無視できない。手詰まりだった状況が一変し、世界中の外交官が息を吹き返したように動き出す。

安里は、沖縄を中国の影響下に置くつもりなど、初めからさらさらなかったのだ。

思えば安里は就任以来、那覇沿岸に石油の備蓄基地を造ることにこだわり続けた。独立後に尖閣の資源を活用すべく、着々と手を打っていたというわけだ。

安里は、和平提案が受諾された段階で、万座毛に姿を現すつもりにちがいない。

そのときは、世界中が、沖縄の独立を承認している……。


多重無線車の中は、水を打ったように静まり返っている。

堀口は、日本はやられた、と思った。

中国は、和平案をのむだろう。安里が介入要請をしなければ、そもそも侵攻の大義名分がなくなる。それに、「羅漢」が安里の手にある以上、もう尖閣の領有は主張できない。せめて資源の一部を確保できる安里の案をのまざるを得ない。

アメリカものむだろう。嘉手納が維持できるにもかかわらず、なお対中戦争に踏み切ることは、議会も世論も許さない。年間の輸出入総額が七〇兆円にものぼる、最大の貿易相手の中国と戦うことなど、もとより望んでいないのだ。

独立国琉球は、尖閣の資源で財政基盤を確立し、米中が牽制し合うことで安保も達成できる。問題は日本だ。

沖縄のみならず、尖閣も失う。一五〇〇兆円の資源が消え、国家再生の道は見えなくなる。しかも利益配分は最小だ。

これは、安里のヤマトに対する復讐だ、と堀口は感じた。

日本の右派勢力は怒りでたけり狂うだろう。だが、単独で対中戦争に踏み切ることなど不可能だ。

牧首相は沖縄の独立を承認せざるを得なくなった。

日本政府がどんなに歯ぎしりしようが、安里がどういう男であろうが、この提案で戦争は回避される。

堀口は、ほっと胸を撫で下ろした。

第六章

天井から垂れ下がった鍾乳石《しょうにゅうせき》が、懐中電灯の輪の中に不気味に映る。

『見あげれば洞窟の天井には、ツララのような尖った石がびっしりと生え、魔物の口中にいるようだ』

「琉球の王妃たち」で若き冊封使、羅漢がそう表現した光景が、目の前にひろがっている。

足下はゴツゴツした岩道で、凹凸が激しくて思うように歩けない。しかもわずかな傾斜があって、少しずつ地下に降りていくようだ。

秋奈は、万座毛の南方にある鍾乳洞の中にいる。

きっと、ここに安里たちが潜んでいる……。

腕時計を照らすと午前十時三十分。刻限があと一時間半に迫っている。焦る気持ちを抑えて、秋奈は足下を確かめながら、暗黒の洞穴を進んで行った。

安里が万座毛を集結場所に選んだのは、山中に逃走するためだ。ずっとそう考えていた。だがさっき、ちがう、と気づいた。

「琉球の王妃たち」によれば、オキタキは、ある日、小舟を仕立てて羅漢を万座毛に連れて行き、こう言う。

『いつの日か、あなたはここに国中の民をあつめ、王として高らかに宣言するのです。新たな楽園の国、新琉球の出で立ちを』

この光景は、間もなく新国家の成立を宣言する安里そのものではないか！

安里と真栄原の少女は、羅漢とオキタキの夢をなぞろうとしている。だから二人は万座毛を選んだのだ。新国家の出で立ちを高らかに謳い上げる場所として。

羅漢とオキタキはそのあと、馬に乗って鍾乳洞に行く。

『万座毛から南に、三里も走ったであろうか。切り立った崖下の、赤木の大木の根元に、四本の爪の龍が彫られた石扉があった。扉を押しひらき、穿たれた穴にもぐりこめば、そこはひろびろとした漆黒の岩間であった』

羅漢とオキタキの歩みをなぞるとすれば、安里たちが身を潜めている場所は、ひょっとしてこの鍾乳洞ではないか。

そういえば、恩納国史も、朱姫が真栄原の少女の案内で、三度ほど万座毛の近くの洞穴《ガマ》に出掛けたと言っていた。

「掘込墓に行ったとか、洞穴に行ったとかって、おふくろは言ってましたな。詳しくは訊きませんでしたが」

秋奈はこの閃きに賭けた。なんとしても安里に会う。安里に直接姉のことを問いただすチャンスは、いまを逃せばもうないのだから。

レオに積んでいたトレッキングシューズに履き替えて、万座毛の南方の雑木林をさ迷った。ようやく見つけた天を衝くような赤木の根元に、草を踏みならしたような痕があった。湿った土の上にかすかに人の足跡のようなものも。這いつくばって、その先の草むらを掻き分けた。

やがて苔むした石扉が現れ、指で表面を擦ると、彫られた四本爪の龍が確認できた。

ゾッと鳥肌が立った。「琉球の王妃たち」に描かれていた鍾乳洞は、五世紀もの間、人知れず山中に存在し続けていたのだ。

洞穴の中は乾いた土の匂いがして、墓場のような静寂に包まれている。行けども行けども、鍾乳石の垂れ下がった天井と曲がりくねった岩道が続く。懐中電灯の光の外は、一寸先も見えない、塗り込めたような闇だ。闇の圧力に押しつぶされそうで、やがて秋奈は怖くなった。

引き返そう……。こんなところに、安里たちがいるわけがない。

爪先の向きを変えたときだった。

視界の隅に、さっとかすかな光が走った。振り返ると、湾曲した岩道の奥に、ほんのわずか、にじむような明るみが見えた。

足を速めて接近し、声を上げそうになった。

地面に突き出た石筍《せきじゅん》の脇に、蠟燭が一本置かれ、炎がゆれていた。

わなわなと肩が慄えた。

安里たちがここにいる！

道を進むと、さらに蠟燭が点々と置かれ、間もなく眼前に、小さな滝が現れた。

『滝は、細くゆるやかに水をおとして、まるで優雅に輝く白絹のようであった』

羅漢がそう記した白絹の滝だ。

とすれば、この滝の裏側に『我らは、一切の羞恥を捨てさり、ただの二匹のけものとなって、躰をつなぎ――』と、愛欲が交わされた、「珊瑚石の間」があるはずだ。

秋奈は滝の裏に入り込み、岩の隙間を奥に進んだ。

突然、耳に人の声が飛び込んで来た。

〈警官隊と治安部隊が厳重に警戒する中、数千の県民たちが草原の一画に集い、安里知事の到着を待ち構えています。ビールケースを重ねた、スピーチのためのお立ち台も作られています。万座毛はいま、一時間後に迫った新国家誕生の興奮に包まれています――〉

テレビの音声。万座毛からの中継の声だ。

ふわりと温かな風が吹いて、急に目の前が明るくなった。

見上げれば、天井の丸い裂け目から、外の光が注いでいる。細い水流に周囲を縁どられた、楕円形の岩間がひろがっていた。

奥にパソコンが一台置かれ、音声はそこから流れてくる。

腰を落として、辺りを見回した。

そっとパソコンに忍び寄った。

画面に万座毛の風景が映っている。

「誰！」

そのとき、背後から鋭い女の声がした。

心臓が一気に凍りついた。

ゆっくりと振り返った。

天井の裂け目から射し込む光に、女の顔が浮き上がった。

黒縁の眼鏡。大きな瞳。

女が岩陰から歩み出て、近づいてくる。

細面の白い頰。濡れたように光る長い黒髪。

秋奈の網膜の中で、写真で見た真栄原の少女が、目の前の女の顔と重なった。

乳白色の淡い光が漂う中で、絞りの利いた黒のスーツがスリムな躰を際立たせた。

「あなたは、誰？」

女の唇が動いて、掠れた声が聞こえた。

「や、山本秋奈といいます」

もつれる舌で答えた。

その直後、秋奈は、訝しげに眉を寄せた。

このひと、どっかで見たことがある。どっかで……。

女がかすかに首を傾げた。

「あなたは……、沖新の記者さんね」

「どうしてそれを？」

「わたしたちは、会ったことがあるわ。そうね、たとえば『王宮』の前で、堂本と……」

女の目がかすかに笑った気がした。

あっと口が開いた。

防衛次官の堂本に追い払われた夜の、白絹の長衣をまとった芸妓が鮮やかによみがえった。

ほのかな灯りに照らされた、息を吞むほど美しい顔。目の端がわずかに切れ上がった、凜々しい瞳。

眼前の女には濃密な化粧もなく、髪も結わず、眼鏡をかけている。だが、その面立ちは酷似していた。

「あ、あなたは、『王宮』の女将……」

真栄原の少女は、あの「王宮」にいたのだ。

怯んでいた意志が少しずつ、立ち上がってきた。

真栄原の少女こと「王宮」の女将は、安里以外に、洌丹を知るただ一人の人物だ。いま訊かなければ、魚釣島の真相が永遠に闇に埋もれてしまう。

秋奈は、一歩、女に向かって踏み出した。

「わたしは、あなたに訊きたいことがあってここに来ました。わたしの姉のことです。姉は刑事でした。魚釣島に『羅漢』を回収に行き、そこで爆弾で殺されました」

「……」

女の目から笑いが消えた。

秋奈は、スマホをつかみ、恩納国史が送ってくれた写真を出して、女の前に突き出した。

「あなたと安里が写ったこの写真を、警察はすでに持っています。一連のテロの黒幕が、安里であることを、警察は把握しています。あなたは、安里と共謀して、洌丹を台湾から誘き出し、『羅漢』を奪った。だから、もし洌丹から聞いているなら教えてほしいのです。なぜ彼は、魚釣島に爆弾を仕掛けたのか。なぜ姉は死ななければならなかったのか」

そのとき、奥のパソコンから、大きな声が流れ出た。

《安里知事を乗せた車が、いま、万座毛の入り口に姿を現しました！　検問所で停止しました。数千の群衆から大歓声が上がっています。時刻は十一時三十分。安里知事が、独立国家の誕生を宣言するため、ついに万座毛に現れました！》

岩の上に置かれたマグカップが目に留まった。二つある。たぶん、安里はさっきまでこの洞穴にいて、ここから徒歩で万座毛に向かったのだ。そして途中で県庁の車を呼んだ。

女がパソコンに流れた視線を秋奈に戻した。

「警察を連れてきたの？」

「いいえ」

秋奈は強く首を左右に振った。

「山本秋奈さん。あなたは、すこし勘違いをしているわ。構わないわ、知りたければ話しましょう」

女が光る瞳を秋奈に向けた。

そうか……。

秋奈は唇を嚙んだ。

あと三十分で新しい国ができる。別の国になれば、日本の警察の捜査権は及ばない。だから女は、平気ですべてを明かそうとしている。

秋奈の心中を見透かしたように、女が声を上げた。

「わたしは警察を恐れてはいないわ。ただ、お姉さまの死について真実を知りたいというあなたの気持ちを、踏みにじりたくはない、それだけのこと」

秋奈は女の顔を見つめた。

真栄原の少女は自分でオキタキと名乗っていた。安里がいにしえの羅漢であるとすれば、女はまさにオキタキと呼ぶべき存在だ。

オキタキが、楕円の岩間を少し歩いた。

「まず、わたしたちは冽丹から『羅漢』を奪ってなんかいない。冽丹は『羅漢』の所有者じゃないわ。『羅漢』はずっとわたしの手元にあった」

「ええっ！」

思わず、驚きの声が飛び出した。

「でも、恩納朱姫の息子さんは、あなたが子供の頃『羅漢』はどこかに行ってしまったと」

「『羅漢』は門外不出の書物。わたしが持っていることは口外無用。恩納朱姫にも言わなかった。それだけのことよ」

「……」

確かに、「羅漢」の所持は軽々と人に明かすことではなかっただろう。

オキタキが淡々とした口調で続けた。

「五年前の脅迫事件の首謀者は安里と、そしてわたし。冽丹はただの協力者に過ぎない」

秋奈は息をついた。今度は声も出なかった。自分も堀口も、そして阿久津たちも、冽丹を主犯と信じて疑わなかった。それが大間違いだったのだ。

「冽丹を仲間に引き込んだのは安里。中国の脅迫には、あの国の政情に通じていた彼が不可欠だった。わたしたちには資金が必要だった。知事選や、『王宮』を建てるための資金が。でも、日中両政府に、『羅漢』を魚釣島に落としたという偽メールを送ったことや、ジュラケースに爆弾を仕掛けたことは、わたしたちは知らなかった」

「爆発は、冽丹が単独で仕組んだ、と」

「そう」

「冽丹はなぜそんなことを」

「冽丹は、政治活動で中国を追われ、日本に逃れた。でも、亡命も難民認定も拒否され、中国とともに日本をも恨んでいた。だから、どっちでもいい、先にジュラケースを開けた方を殺そうとした」

「……」

「冽丹は狂ってしまったの。日本と中国という大国の政府が、脅迫に右往左往するのを見て。『羅漢』を使えば、もっともっとなんでもできるって、妄想をふくらませた。安里は、このままでは冽丹はいずれ計画をぶち壊すと危惧した。だから、クーデターを始める前に、沖縄に呼び、殺すよう命じた」

「そんな……」

「突然沖縄に呼びつければ、冽丹だって不審に思う。でも、『琉球の王妃たち』に『羅漢』成立の経緯が記されていると言うと、喜んで沖縄に来たわ。冽丹は、『羅漢』のことなら、なんでも知りたがったから。わたしは『王妃たち』を彼に渡した。その翌日、わたしに言いくるめられた香山が、中国の工作員を使って殺害した」

　秋奈は烈しく首を左右に振った。

「わたしは、ウソはついていないわ。これが真実。でも、わたしたちが日中を脅迫しなければ、お姉さまが命を落とすことはなかった。わたしたちは、お姉さまを巻き込んでしまった。本当に申し訳なく思っています。このとおりよ」

オキタキが深々と頭を下げた。

秋奈はただ茫然とオキタキを見つめた。突き上げた怒りがなにかに抑えつけられたように、爆発しないまま胸に溜まって渦巻いていた。

オキタキが顔を上げ、目で岩間の端を指した。

「パソコンのそばに、黒い小さなバッグが見えるでしょ？　その中に拳銃があるわ。引き金の上の安全装置をはずせば、弾が出る。わたしを殺したければ、そうすればいい。この洞穴が発見されない限り、誰にも知られることはないわ」

オキタキが促すように、もう一度目でパソコンの近くを指した。

確かに、黒い小さなバッグがあった。

再び、パソコンから流れるアナウンサーの声が耳に響いた。

《県庁の車が検問所を通過し、万座毛に入りました。安里知事を乗せた車が、万座毛に入りました！》

オキタキの瞳が、キラリと輝いた。

「もうすぐ新しい国ができるわ。このクーデターを成し遂げたのは、実は安里じゃない。わたしでもない。『羅漢』よ。『羅漢』は、五百年の歳月をかけて琉球に戻ってきた。自分の夢を実現するために。わたしたちは、その力に守られてここまで来た」

「……」

不思議な気配が洞窟に満ちているのを、秋奈は感じた。

＊

フロントグラスを通して、雲が湧く青空が見える。その下は遮るもののない広大な海だ。

安里徹は、射し込む光にわずかに目を細めた。

ひろびろとした万座毛の風景が、新国家琉球の洋々たる前途を表している。

県庁の車両は、報道陣が取り巻く中を、万座毛に進入し、いま、歩くほどの速度でゆっくりと草原を進んでいる。

時刻は十一時四十分。

あと二十分で、新しい国が誕生する。

だが、心は昂らない。

膝に置いた両の手が、じっとりと汗ばんでいる。

右手を見た。数時間前、引き金を引いた人差し指を。

恐怖と驚愕を張りつけた香山要の顔が浮かび上がった。

陸栄生の配下の中国人工作員たちを射殺した後、香山は国道を逸れて、山道に入った。

「すべては計画どおりだ」

香山は、ハンドルを握りながら、勝ち誇った表情で私に言った。

去年の六月、オキタキは北京の中国国家安全部に「羅漢」の表紙と本文の写真十数枚を送りつけた。五年前の脅迫と同じ写真だ。そして同封した書簡にこう記した。

〈来年の九月一日、『羅漢』を世界に公表する〉

この一文が、中国を切羽詰まった作戦に駆りたてた。

事態を打開する方法はただひとつだ。「羅漢」に記された史実は、尖閣を日本のものとは言っていない。琉球のものと言っている。であれば、琉球をとれ。沖縄を混乱に陥れ、県知事に独立を宣言させ、軍事介入せよ。

香山が持ちかけたこの計画に中国は乗った。凄腕のスナイパーを本国から呼び寄せ、テロを実行した。

香山は、土壇場で中国を裏切り、「羅漢」を公表して、日米中に尖閣の共同開発を提案、自らが独立国琉球の王となるつもりだった。

だが、奴は知らなかった。

すべてのシナリオを書いたオキタキが、県知事である私とつながっていたことを。

車中で私は、恐怖におののいた表情を装って、香山のはかない夢を聞いていた。ハニートラップに嵌まり、自衛隊のエリートコースから脱落した香山は、それでもなお、いや、それだからなお、強烈に権力を追い求めた。琉球の王になる。香山には、その野望こそが唯一の生き甲斐だった。

暗い山道を進むと、やがて車窓からヴィッツが見えた。路上に立つオキタキがかすかに香山に微笑みかけた。

香山も笑い返した。

「降りろ。ここで車を乗り換える」

香山が銃を突きつけたまま命じた。

成功を確信していたのだろう。彼の顔には余裕の笑みが浮かび、くわえ煙草で車を降りた。

「待って」

そのとき、オキタキの声がした。

オキタキは強張った白い顔で香山を見すえていた。その手には拳銃が握られている。

なんだ？

くわえた煙草が、香山の唇からぽろりと落ちた。

その瞬間、私は奴の左頬に強烈な打撃を見舞った。

よろめいて構え直そうとした腕を、足で蹴り上げ、銃を飛ばした。

「大人しくして。でないと、撃つわよ」

冷たい声が響いた。

香山が驚愕の目でオキタキを見た。

銃口が香山に向けられていた。オキタキの大きな瞳に、青い光が走った気がした。

香山の頬から血が滴っていた。

香山が私を振り返る。

「なんだ！　お前！」

恐怖にかられて、飛びかかってきた。

ダン！　オキタキの銃が火を噴き、弾丸が香山の頭上をかすめた。

香山が信じられないという表情で、眼前に立つ女を見つめた。

私は腰を曲げて、ゆっくりと地面に落ちた銃を拾った。

「よせ！」

銃口を向けると、香山の顔面が恐怖で引きつった。

抑えつけるように香山に言った。

「オスプレイは、普天間の基地の中で爆発させる。そうじゃなかったのか？」

「俺は知らん！　陸栄生にはそう指示した。しかし奴らが――」

香山が必死の形相で首を振った。

湧き上がる憎悪で、躰が慄えた。

歪曲情報を指示した県警本部長は殺す。米兵も中国の工作員も治安部隊も敵とみなす。だが、沖縄人が犠牲になるなど、あり得ない過ちだった。

女子大生も亡くなった。これも痛恨の出来事だった。あの直後、香山は、偶発的な事故に過ぎないとオキタキに言い放った。

銃口を香山の額に突きつけた。

「やめて！」

オキタキが鋭く叫んだ。

琉球の王となるあなたは、穢れてはならない。だから香山は自分が殺すと、オキタキは言い張っていた。

そうはいかない。

オキタキを無視して、私は指を引き金に当てた。

香山の引きつった顔に、オスプレイの墜落現場の無残な画像がかぶさった。怒りが滾《たぎ》り、一瞬頭が空白になって、気がつけば引き金を引いていた。

香山の躰が足下に崩れた。

オキタキが絶望で目を閉じた。

そう、私自身がわかっていた。香山を責めたのは、私の言い訳だ。すべての責めを負うべきは、この私なのだ。

思えば、計画には初めから予期せぬ狂いが生じていた。五年前、冽丹が魚釣島で無用な爆殺をしでかしたときから……。

地獄に堕ちる。私も、オキタキも……。

急に、瞼の裏が真っ白に染まった。

見れば、車の窓にカメラマンがへばりついて、ストロボを焚いている。

顔をそむけ、再び目を閉じた。

瞼の奥の残光の中に、いつもの顔が現れた。バスケットボールのようにふくれ上がった、赤黒い顔。

生死の境をさ迷う母の顔だ。

苦い記憶が、例のごとくよみがえった。

あれは、中学三年のときだった。松山の飲み屋街に氷やおしぼりを配達していた母は、ある夜、ナイトクラブの廊下で客の男とすれ違った。客は、母が押していたカートの端がズボンに触れたと因縁をつけた。不器用な母が、おろおろと謝る姿が目に浮かぶ。だが、酔った男は激昂して母を殴った。母は、頭蓋骨が陥没する重傷を負った。

入院してすぐ、母を雇っていた製氷会社と、その親会社である地元の建設会社の幹部が訪れ、多額のカネを置いていった。母は被害届を出さなかった。

殴った男は、那覇防衛施設局に勤務する、東京から来た役人だった。那覇の防衛施設局が差配する基地関連予算は莫大で、その絶大な権力に、地元企業はどこもひれ伏す。

母親もひれ伏した。おかげで私は、その後も振り込まれ続けた建設会社のカネで大学に行けた。母は後遺症に苦しみ、私が知事になる前に死んだ。

目を瞬《しばた》いて、頭から記憶を追い払った。

沖縄の敵は、米軍ではない。

貧しさと、従順な県民性につけ込んで、カネの力で飼い馴らしてきたヤマト。そして、そこにどっぷり浸かってきた沖縄自身だ。それはまさに私自身の生い立ちの姿でもある。

日本が好き、アメリカが好き。本土の左翼文化人たちの思い入れに反して、それがいまの沖縄人の本音だ。彼らには、沖縄の独立など、たわ言にしか聞こえない。

だから、謀略をめぐらした。

オキタキと出会ってから、十四年の月日が流れた。

だが、「羅漢」の旅はそれよりはるかに長い。「羅漢」は中国から、五百年もの歳月をかけて琉球に戻ってきた。

沖縄戦終結後、「羅漢」は摩文仁の洞窟に、甲斐猛の遺品とともに残された。それを誰かが持ち去り、戦後、幾多のひとの手を経て、ついにオキタキの祖母のもとにめぐり来た。

オキタキの祖先の女たちは、代々、羅漢と王妃オキタキのエピソードを娘たちに語り伝えてきた。「羅漢」は、祖母に呼び寄せられたのだ。

オキタキも幼い頃からその話を聴いて育った。十五歳のときに、母親が亡くなり、彼女は孤児となった。以来、ずっと感じてきたという。躰の中に、新たな国造りを果たそうとした、いにしえのオキタキの血が流れていることを。そして、「羅漢」が発する、強烈な執念の気配を。

オキタキはいつも言う。

わたしたちは「羅漢」に守られている、と。

車が止まった。県庁のテントの前に到着した。

外を見た。

人々が手を振り、大歓声が聞こえてくる。

琉球独立。

まもなく、新しい国が産声を上げる。

安里徹が軽々とした身のこなしで、県庁の車から降り立った。テントの周囲に集まった県民に手を振っている。フラッシュが盛大に焚かれ、無数のマイクが突き出される。

ちくしょう……。

堀口は、多重無線車のモニターを見ながら奥歯を嚙みしめた。

ことは、奴の思惑どおりに進んでいる。

中国は、すでに安里提案を前向きに検討するという声明を出した。アメリカも歓迎すると発表している。日本だけが沈黙を続けている。

堀口はモニター画面の中の、安里の笑顔を脳裏に刻みつけた。

安里は、一連のテロの黒幕であることを永久に隠し通し、新生国家の指導者として光を浴び続けるつもりだ。その陰で流された幾多の涙を踏みにじって。

させるか！

自分がこれまで安里の保護を言い続けたのは、ただひたすら、戦争を回避するためだ。決して安里の犯罪を赦したわけではない。

別の国になっても、刑法の国外犯規定を使えば、訴追の道はあるはずだ。戦争の危機が去ったあかつきには、必ず安里の犯罪を暴き、その笑顔を泣き顔に変えてやる。

ピンポンと喚起音が鳴って、テレビのニュース速報が流れた。

《米中、相次ぎ、安里提案の受諾を正式発表》

モニター画面から、県民たちの歓声が湧き上がった。

残るは日本だけだ。

十一時五十分。時計の針がまたひとつ、正午に向けて時を刻んだ。

「スピーチ！　スピーチ！」

安里が立つ県庁のテント前を、数千の群衆が取り囲み、歓声と手拍子が鳴りやまない。紙吹雪が盛大に舞って、辺りに白く積もっていく。

いままさに、新国家成立の興奮が頂点に達しようとしていた。

安里は警備の職員を下げ、群衆に向かって歩きだした。

一人ひとりと握手を交わす。

柔らかい手、固い手、枯れた手、湿った手。そのどれもが、これから共に新しい国を築く、同志の手だ。

どの顔も笑っている。間もなく訪れる、歴史的な瞬間に心を躍らせている。

眼の裏に、熱いものがこみ上げた。

〈沖縄の皆さん、いえ、新しい国、琉球国の国民の皆さん。きょう、この瞬間のことを記憶に刻んでください。そして、子供たちに、孫たちに、その子供たちに、長く語り継いでください。琉球はいま、遠い昔にそうであったように、独立した国家として歩み始めます――〉

まもなく行うスピーチの草稿が頭をめぐった。

〈戦前、いまの普天間が宜野湾村と呼ばれていた頃、あの辺りは六キロにわたって商家が続く、賑やかな通りでした。人々は唄と踊りを愛し、神を信じ、穏やかに暮らしを楽しんでいました。かつての平和でのどかな琉球を取り戻しましょう。私たち自身の手で！〉

小国が大国に従属する時代は終わる。小国がユートピアを実現し、大国を翻弄する時代が始まる。琉球を、その先駆けにしてみせる。

安里の目に、闘志が弾けた。

「スピーチ！　スピーチ！」
待ち切れない群衆の声が一層高く盛り上がった。
時刻は十一時五十五分。
新国家成立まであと五分。
掛け声に押されるように、安里はビールケースの台に上がった。
黄色、赤、青、白……。色とりどりのカリユシに身を包んだ人々が見える。
旗がたなびき、横断幕が翻る。
透明な風が光りながら、吹き渡る。
右腕を高く振って、満面の笑みで歓声に応えた。
真っ青な空が、安里の細い躰を包み込んだ。
パーン！
高い空に、一発の乾いた銃声が響き渡った。
安里の躰が、ゆっくりと、スローモーションのように草原に倒れた。
その瞬間、万座毛の、沖縄の、日本中の時間が止まった。
誰もが呆然と、息を止めて仰臥した安里を見つめた。

青い空が、薄っすらと、かすんで見える。
なぜだ……。
安里徹は、消えかかる意識の中でつぶやいた。

なぜ、「羅漢」は……。

なぜ、最後に……。

新しい国が遠ざかる。夢が幻になっていく。

ああ……。

小さく声を上げた。

暗闇がすぐに視界を閉ざした。

安里の頭の後ろから、赤黒い血が流れ出て、草の地面を這うようにひろがった。

*

多重無線車の中は、数秒の間、奇妙な静けさに覆われた。そして次の瞬間、割れるような怒号が一斉に湧き上がり、無数の交信が矢のように飛び交った。

〈救急車！〉

〈群衆を退避させろ！〉

〈全ゲートを封鎖！〉

堀口は多重無線車の中央に、茫然と立ち尽した。

誰が撃った……。

血の気を失った唇の隙間から声が漏れた。

モニター画面が狙撃現場の混乱を映し出している。無数の警官がわっと安里を取り囲んでいる。

安里は心臓マッサージを受けているのかもしれない。

この先どうなる？

恐怖に近い感覚が走り、膝が慄えだした。

唯ひとりの提案者がいなくなったのだ。和平案は無きものになり、話は振り出しに戻ってしまった。中国は、独立支援を旗印に侵攻を再開するだろう。日米は対抗する。

時計の針は十一時五十九分を指している。

絶望に目を閉じた。まさに最悪のタイミングだ。もう、いかなる交渉も駆け引きもできない。

このまま、確実に戦争になだれ込む。

担架が運ばれ、警官の輪の中に消えた。

そのとき、耳が、喧騒の隙間から一本の交信を拾い上げた。

〈確認終了。『羅漢』は所持していない。所持していな――〉

ハッと、衝かれたように眉を寄せた。

誰が指示した？

安里の所持品の確認を、「羅漢」の確保を、誰が指示した？

狙撃されて、まだ二、三分しか経っていない。

この混乱の最中に、誰が……。

堀口は、黒い大きな影が目の前を走った気がした。

秋奈は愕然と突っ立っていた。

何者かが安里を撃った。そう理解するまでにかなりの時間がかかった気がした。

ようやく我に返って脇を見ると、オキタキが固まったまま佇んでいた。

しばらく経って、ぽつりと声が漏れた。

「安里は死んだわ。いなくなった……」

「まだわからないわ！」

オキタキが青ざめた顔を左右に振った。

「いいえ、いなくなった。わたしにはわかる」

安里が死んだ……。

肺いっぱいに、冷たい空気が張り詰めていった。

万座毛の画面に、原稿を次々と読み上げるアナウンサーの声がダブった。

《中国外務省高官は、報道陣の質問に答え、日本政府が沖縄の独立を承認しない限り、軍事介入の方針は変わらないと語りました》

《ホワイトハウスの報道官は、先ほど、和平案は効力を失ったと述べるとともに、日本が攻撃されれば、アメリカは日米安全保障条約第五条に基づいて行動すると言明しました》

ああ……。秋奈は呻き声を上げた。

すべてが元に戻ってしまった。いや、もっと悪くなった。すでに刻限を過ぎ、沖にいる中国の大艦隊が、いつ大砲をぶっ放してもおかしくない状況だ。

たまらなくなってオキタキに声をかけた。

「誰が撃ったの？　一体、誰が」

オキタキが、顔をかすかに振った。誰が撃とうと、問題ではない。そう言いたいようだった。

安里は、もういないのだ。

新しい国は消滅した。

「沖縄は、どうなるの？」

「火の海になる。七十年前と同じように」

つぶやくような声がした。

「そんな……」

「それが沖縄の宿命」

「バカな！」思わず叫んでいた。

「日本も悪い。でも、もとはと言えば、安里とあなたが仕組んだクーデターが――」

そこまで言って言葉を呑んだ。

オキタキの瞳は虚ろで、焦点を結んでおらず、ただまっすぐパソコンに向けられていた。

やがて、オキタキの唇から掠れた声が吐き出された。

「なぜ……。なぜ、なぜ！　なぜ！」

オキタキは、まるで夢遊病者のようにふらふらと岩間の隅に歩いて行った。

秋奈は、うずくまるオキタキの背中を見つめた。

彼女は言っていた。

「『羅漢』は、五百年の歳月をかけて琉球に戻ってきた。自分の夢を実現するために。わたしたちは、その力に守られてここまで来た」

オキタキは信じていたのだ。自分と安里が「羅漢」に守られていることを。あたかも神を信じるかのように。

そのとき、バタバタと騒音が耳をふさいだ。安里は死んだ。それなのに、
ヘリが上空を舞っている。

「ヤマトが、わたしを捜してる」

突っ伏していたオキタキが立ち上がった。

「ここもやがて見つかるわ」

秋奈は天井の穴から上空をにらんだ。

ひときわ高く、ローターの音が聞こえた。

ヘリは一機だけじゃない。多数の爆音が重なるように響いている。自衛隊が、ヘリを大動員して「羅漢」の捜索を始めたのだ。「羅漢」は、安里が持っていなければ、共犯である真栄原の少女が持っている。安里が撃たれた直後から、政府は彼が県庁の車に乗った付近を中心に、捜索を再開したのだ。

もちろん、地上にも、何千、いや何万人もの部隊が展開している。その中には、「羅漢」捜索の特命チームを率いる阿久津の姿もあるだろう。阿久津は、山を焼き払ってでも、執念でオキタキを捜し出すに違いない。

秋奈は、ここに、阿久津たちや治安部隊に踏み込んでほしくないと思った。彼らは「羅漢」が手に入れば、あとはどうでもいいのだ。沖縄が戦火に焼かれても、何万の市民が犠牲になっ

ても……。

ぎくりとした。

鍾乳洞に至る道。自分は草木をかき分けて歩いた。足跡も残っている。レオだって近くに止めてある。

彼らは目ざとく痕跡を見つけるだろう。治安部隊がすぐにもここにやって来る！

オキタキがバッグを肩にかけ、足早に岩間の出口に向かった。

「待って！」

秋奈は、弾かれたように後を追った。

＊

芝の上で膝を抱え、虚ろな目でパソコンに見入る人たちが目につく。

堀口は腕時計を見た。

十二時二十分。すでに刻限を大きく回っている。いまにもミサイルがここを直撃するかもしれない。

そこここに置かれたパソコンやラジオから、緊迫したアナウンサーの声が流れてくる。

《防衛省によりますと、東シナ海海上で停止していた中国艦隊が、再び沖縄本島を目指して前進を始めました。中国艦隊はすでに接続水域に入り、一時間以内に、領海線を突破する見通しです》

《フランスのオベール大統領とドイツのハーマン首相は、相次いで演説し、日米中の三国に対し、重ねて自制を求めました。イギリスのキャッスル首相も――》

各国首脳たちの悲鳴に近いスピーチが聞こえる気がした。

堀口は、射殺現場である県庁のテントに行き、警官たちに直後の様子を尋ねた。

質問を終えて、規制ロープをくぐりながらちらりと見ると、安里が倒れたビールケースの脇の地面に、べっとりと大量の血痕が沁みついていた。

非道なテロの黒幕の死。だが、もはや戦争を止める人間もいなくなった。

安里が撃たれる一分前にSATの隊員二名がテントに来て、狙撃の直後に、安里のアタッシェケースを開け、「羅漢」を探した。

それが、警官たちの証言でわかった事実だ。

撃ったのは、SAT、命じたのは日本政府だ。

安里が和平提案をして以降、首相官邸では、ハト派とタカ派の側近たちの間で、激烈な綱引きが展開されたにちがいない。

タカ派の連中は、強硬に主張しただろう。

むざむざと領土を手放す、そんな国家があるわけがない。いや、あってはならない。一五〇〇兆円の尖閣の資源を、琉球と中国に奪われ、日本自身は国家再生の道を失う。そんなバカな話があるはずがない、と。

そして彼らは、あらゆる策を弄して、和平案の受諾表明をギリギリまで引き延ばした。安里は刻限の直前に必ず万座毛に現れる。そこで撃つ。そう決めていたのだろう。

安里が死ねば、当然、戦争になる。しかし、沖縄に限定された局地戦だ。いずれどこかで停戦する。本土に戦火は及ばない。それが彼らの計算だ。

SATを動かせるのは警察だけだ。射殺を指示した人物は、首相官邸にいる警察官僚出身の側近にちがいない。危機管理監、官房副長官補、総理補佐官……。長官や警視総監経験者がつく側近ポストは幾つもある。

多重無線車の脇の、桐島のいるテントが近づいてきた。

入り口で立哨している警官に、「急用だ」と告げ、中に入った。


秋奈はオキタキを追って、洞窟をさらに深く地下に向かって進んだ。

周囲は黒一色の、まさに暗黒の深淵だ。

遠くにオキタキの持つ小さな蠟燭の光が見える。

「オキタキ！　オキタキ！」

声を嗄らして叫んでも、振り向くことなく、逃げるように岩道を降りて行く。

追いつこうと焦るが、地面は凹凸が烈しくて、走ろうとすると足首を捻りそうになる。オキタキは慣れているのか、飛ぶように進み、距離はぐんぐん開いていく。

秋奈の胸を、強烈な予感がゆさぶっている。

オキタキは、死のうとしている……。

どれほど深く降りたのか、水の流れる音がした。空気も湿って、苔のような青臭い匂いが鼻先に漂った。

これまでとちがう雰囲気。

足下を照らしていた懐中電灯を、上に向けたとたん、秋奈は周囲の様子に息を呑んだ。

そこは窮屈な洞窟ではなく、高々とした絶壁が重なるように宙に伸びた、広大な空間だった。

天井は懐中電灯の光が届かず、黒々としか見えない。

こんな場所が……。

オキタキの蠟燭の光が、不意に止まった。

秋奈は駆け出した。

「危ない！」

オキタキの声が飛んだ。

反射的に足が止まり、つんのめって転倒した。

懐中電灯に照らされた目の前の光景に、秋奈は恐怖ですくみ上がった。すぐ先は、絶壁が垂直に切れ込んだ深い谷で、そのはるか下方を真っ黒な水流が走っている。

オキタキが叫ばなければ、そのまま谷底に転落していたところだ。

谷の対岸に、こちらを向いて立つ細いシルエットが見えた。

向こうまでの距離は数メートルで、谷というより亀裂とでもいうべき幅だが、それでも飛び越えるのは不可能だ。オキタキは、どこからか回り込んで越えたのだろう。

「オキタキ！」

起き上がり、目の前の影に呼びかけた。

オキタキが蠟燭をかざし、白い顔が現れた。大きな瞳がまっすぐこちらに向けられている。

オキタキはいま、壮絶な苦しみの中にいる。愛する安里を失い、なおかつ、神と信じてきた「羅漢」に裏切られたのだから。

でも、いまここで彼女を死なせてはならない。その強烈な思いが秋奈の躰を引き締めた。

「オキタキ。安里がいなくなっても、あの和平案まで死んだわけじゃないわ。あの提案をもう一度できるのは、いま『羅漢』を持っているあなただけ」

オキタキの首が力なく振られ、沈んだ声が返って来た。

「無駄だわ」

「そんな！」

秋奈の目の中で怒りが弾けた。

「待って」オキタキが秋奈の次の言葉を制して言った。「あなたに見せたいものがあるの」

「見せたいもの？」

「あなたは『羅漢』の力を信じていない。ただの迷信だと思っている。でも、そうじゃない。その証拠を、いま、見せてあげるわ」

オキタキがひざまずき、バッグから「羅漢」を取り出して岩壁の窪みに置いた。そして地面に蠟燭を立てた。

「岩肌を見ていて」

秋奈は眉を寄せ、岩肌を見つめた。

なにも起きない。岩肌にはただ黒々と、闇が沁みついているだけだ。

三十秒も経った頃、真っ暗な空間の上方に、突然、ごくごく小さな光の粒が、二つ、三つと現れた。そして、まるで夕暮れの街に灯りが点るように、点々と、急速に数を増した。

錯覚かと目をみはった。

細かな光の粒たちは、あっという間に密集した光の渦となって眼前の岩肌を覆い、さらに太い帯のように四方に伸びて、谷をくだり、絶壁を駆けのぼり、煌々と輝きながら、漆黒の空間を埋め尽した。それは見たこともない、燦然とした光景であった。

「珊瑚石よ」

オキタキの声がした。

蠟燭の灯りを岩肌の珊瑚石が反射し、その光をまた別の珊瑚石が反射して、洞窟の石たちが一斉に光り始めたのだ。

『きらきらと輝く、満天の星』

「琉球の王妃たち」にそう記された光景が、目の前に出現していた。

「信じようとしない人に、なにを言っても無駄。けれど、この洞窟の珊瑚石は、『羅漢』を置いたときだけ輝くの。まるで羅漢とオキタキが愛し合っているみたいに」

いまや、珊瑚石の放つ光の洪水が、はっきりとオキタキの表情を照らし出している。

なんなの、これは……。

秋奈は半ば茫然と、美しい煌めきの渦に見入った。

オキタキが静かに言った。

「『羅漢』はただの守り神じゃないわ。強烈な意志がある。そして力がある」

「羅漢」の意志……。

秋奈の目に、山中で見た世界地図がよみがえって、ゾッと産毛が逆立った。

北京、南京、上海、沖縄。この四か所はほぼ直線上に並んでいた。

沖縄へ向かって最短距離を描くような「羅漢」の軌跡。

あのとき秋奈は、その線に、生々しい意志のようなものを感じて、身震いしたのだ。

南条のメールが頭をよぎった。

〈何かが動いている。途方もない力が働いている〉

〈覚えておいて欲しいのです。伝説のことを。白虹のことを。そして南京と似たようなことが、近々沖縄で起きる。私がそう予言したことを〉

はっとした。

阿久津によれば、「羅漢」は故宮から南京に運ばれた。虐殺のとき、「羅漢」はすでに軍人・甲斐猛の手もとにあったのだ。

南条はあのメールで、南京大虐殺は「羅漢」の力が作用した、そう言いたかったのだ。甲斐という将校を豹変させて。

いや、南京だけではなく、魚釣島の爆発も、沖縄に迫るこの危機も……。

ひょっとして、テロを仕組んだ犯人は、「羅漢」そのものだったのか。

急に、全身が締めつけられるような圧力に包まれた。この空間に、誰かの気配が濃密にたちこめている、そんな気がした。底知れぬ無念を抱いた、暗い情念をたぎらせた、誰かの……。

地面に置かれた「羅漢」を見た。

蠟燭の炎の前で、表紙の龍の両眼が赤々と不気味に光った。

背筋を恐怖が貫き、躰が縛りつけられた。

オキタキの声が低く響いた。

「『羅漢』は誰かの亡霊でも、霊魂でもないわ。『羅漢』は歴史。歴史の怨み……」

声に膜がかかったようだった。ごくりと唾を呑んだ。直後に、躰を圧していた気配がすっと消えた。

秋奈は我に返って、大きく息をついた。

冷たい汗で、シャツがびっしょり濡れていた。

「『羅漢』の力を、誰が信じようと信じまいと、どうでもいいの。でも、安里とわたしは信じ、信じたからこそ、ここまで来た」

まだ胸が割れるように動悸を打っていた。秋奈は、乾いてくっついた唇の薄皮を、引き剝がすようにして口を開いた。

「そして、あなたたちは琉球の独立を図った。沖縄の理不尽をなくすには、それしかない、と」

「そう……。安里もわたしも、この戦いに正義があると信じ込んだ。それが『羅漢』の夢と重なると思い込んだ。でも——」

「でも？」

「わたしたちは、間違えた」

オキタキが秋奈から視線をはずし、ゆっくりと宙空を見上げた。

無数の珊瑚石が銀河のように空間を埋め、ひとつひとつが強く瞬いている。

「きれいでしょ？　でもこの輝きは、恐ろしい光」

「……」

「歴史は、怖いものよ」

オキタキの顔が蒼白になった。

そのとき、蠟燭の炎がゆれ始めた。

オキタキが断崖の際に立った。胸に「羅漢」を抱いている。

龍の眼の赤い玉が、ぎらりと光る。

谷底から吹き上げる風に、強烈な死の匂いがした。

「待って！　オキタキ！　やめて！」

秋奈は切り裂くように叫んだ。

「間違えたってどういうこと？　なにを間違えたの？　答えて！」

必死の思いで呼びかけた。なにかを話させなくてはならない。気をそらさなくてはならない。

同時にせわしく眼球を動かした。オキタキが対岸に渡った道を見つけようとした。

突然、蠟燭が消えた。

珊瑚石の輝きが一瞬にして失われ、辺りは再び深い闇に覆われた。

「オキタキ！　やめて！　死なないで！」

懐中電灯を点け、ムチャクチャに振った。

淡い光の輪の中に、オキタキの影が黒く映った。

声を上げる間もなかった。

影が高々と跳躍した。

次の瞬間、影は吸い込まれるように暗黒の谷間に消えた。

「オキタキ――!」

なにかがぶつかる音がして、直後に烈しい水音が響き渡った。

「オキタキ――!　オキタキ――!」

秋奈の絶叫が、闇の彼方で反響した。

その残響もすぐに消え、辺りは、闇と静謐に閉ざされた。

*

「にいに、にいに、寄ってって。寄ってって」

「どこから来たの?　上がってってって」

濃い化粧の女たちが叫ぶ。

紫色のドレスの女。ピンクのミニスカートに網タイツの女。

狭い路地はぎっしりと、人波で埋まっていた。

そう、あれは、むせかえるような夏の、金曜日の夜だった。

鬢《びん》つけ油の強い匂いがして、店の前を浴衣姿の相撲取りたちが通り過ぎた。

ずっと前の客が残した、空のオリオンのビール瓶が一本、朱塗りのカウンターに、ポンと置かれていた。

「ごめんなさい……」

突然、頭の上で声がした。

驚いて、読んでいた文庫本から目を上げた。

細縁の眼鏡に、深い藍色のシャツ。色白の男がわたしを見ていた。

男はなんとなく落ち着かない様子で、誰かを探すような目をしていた。お目当ての娘がいるのかもしれない。

だから、訊いたのだ。

「誰を捜しているの?」と。

男の唇がゆっくり動いた。そして、あまりにも予期せぬ答えが返ってきた。

「オキタキ……」

えっ……。

一瞬、すべての音が消え、躰が石のように硬直した。

なぜ、その名前を……。

「琉球の王妃たち」が出版されるずっと前で、わたしもまだ口外したことがない頃だ。誰も知るはずのない名前だった。

じっと、男を見つめた。男も見つめ返してきた。意識が飛んで、時間が止まった。

やがて、無意識に言葉が出ていた。

「あなたが王になる。いつの日か、この琉球の王になる」

男の顔に、まるで雷に打たれたような驚愕が走った。

あのとき——。

あのとき、わたしは完全に、いにしえのオキタキになり切っていた。あの瞬間、「羅漢」の力が動いたのだ。そして、わたしと安里を操った。

指先が、辛うじて薄い書物をつかんでいる。

「羅漢」……。

逃げようとしても無駄だ。

なにも見えないと思ったら、大間違い。わたしには見える。お前の龍の両眼の、赤い目玉が。その狡猾な光が。

噛みしめた奥歯が、音をたてて顎の骨にめり込んだ。

「羅漢」……。

安里とわたしは信じ込んだ。かつてお前とオキタキが見た夢を、お前はいまも果たそうとしていると。だからわたしたちは守られているのだと。

でも、ちがった。

決定的に間違えた。

あの人の死で、すべてがわかった。

一瞬、闇が光って、安里徹の顔が浮かんだ。呼びかけようとした寸前、意識は途絶えた。

終章

モスグリーンの海に、夏の日差しが降り注ぐ。

堀口和夫は、波間で弾ける光の屑が眩しくて、目を細めた。

平日の昼下がり。

浜辺には他に人影もなく、堀口ひとりだ。

砂の上にあぐらをかいて、憂鬱な思いでオリオンの缶ビールをぐびりと呑んだ。

青い海、青い空、白い雲……。そのすべてが疎ましい。

深いため息が漏れた。

ゆっくりと目を閉じた。

強い日差しが瞼を貫き、目を閉じても視界は赤い。その赤をバックに、県警本部長、桐島令布の顔が現れた。驚愕に目を見ひらいた、猛禽類の顔が。

あれから、もう二週間経つ。

また、ため息が漏れた。

安里の殺害現場で聞き取りを終え、桐島がいるテントに入った。

桐島は奥の机に座っていた。

「なんだ？」

猛禽類の顎が、嫌悪を露わに突き出された。

堀口は正面に立ち、低い声で言った。

「本部長、あなたは自分がなにをしたか、わかっておられるんですか。ＳＡＴに安里を射殺させ、その指で戦争の引き金をひいたんですよ」

「バカがっ。なに言ってんだ！」

不快そうに顔をそむける。

「あなたに指示したのは、官邸の誰です？　危機管理監ですか、それとも官房副――」

「黙れ！」

桐島が目をむいた。

「仮に俺がＳＡＴに命じたとして、それのどこが問題なんだ。安里を逮捕もしくは射殺、その命令は撤回されてねえんだ。生きていた」

「……」

「いいか。誰とは言わんが、射殺決行の指令は、首相官邸のしかるべき筋から下りてきた。つまりは、政権の意思としてだ」

「……」

「我われ官僚は政府の決定を実行する。いわば、国家の意思の忠僕だ。俺はその任を果たした。それだけだ」

堀口は、絞り出すように言った。

「沖縄は火の海になります」

「気の毒だがやむを得ん、それが国の下した結論だ」

桐島がおもむろに立ち上がり、机の周囲を回って堀口の脇に立った。

「なあ、堀口」一転、口許に媚びるような笑いが浮いた。

「お前は、狙撃を決めた人間を突き止めようとここに来た。だが、無駄だ。これは国家の問題なんだ。お前がなにを喚こうが、どうにもならん」

「……」

「俺はこのあと本庁に戻る。警備局長のポストでな。堀口、お前も警備局に来い。面倒は俺が見てやる」

やはり、そこか。官邸の警察ＯＢはエサを撒いていたというわけだ。フーッと、息を吐いて拳を握りしめた。

「いいか、なにも知らなかった、それでいい。それがなによりお前のためだ。わかったな、堀口」

桐島の手が、ポンと肩を叩いた。

「よく、わかりました」

口唇が、例によって勝手に動いた。

頬の肉も勝手に動いて、自分がニッと笑った気がした。

そこまではよかった。

だが、次の瞬間、拳が、猛禽類の顔面にめり込んだ。

はっと我に返ったとき、眼下には、驚愕に目をみはり、ぽっかりと口を開けて仰臥した、桐島令布の顔があった。

吐き出すようにつぶやいていた。

あんたら、そりゃ、ないだろう……。


堀口はまた、ぐびりとオリオンを呑んだ。

海の青さが目に痛い。

浜辺に持参した沖縄名物、じゃが芋入りコンビーフの袋を破いて、口に放り込んだ。

あの後、事態は急変した。首相の牧が突然記者会見を行い、沖縄の独立承認を宣言して、戦争は回避された。

「沖縄の同胞が戦火にさらされることを、私は、どうしても看過することができません」

首相は憮然と、投げ出すようにそう言った。

牧はなぜ豹変したのか。

安里の死後、アメリカはすばやく、後継と目される沖縄の県会議長に接触、安里案を引き継ぎ、独立後も嘉手納基地を存続させるという確約をとった。そして直ちに首相官邸に通告した。

「参戦しない」と——。

それが理由とされている。

沖縄県はいま、その県会議長を代表に、独立に向け、政府との話し合いに入っている。

堀口は、警察庁を辞職した。

その日のうちに辞表を書いて、翌日、本庁官房に郵送した。

いまのこの国で、〝忠僕〟を続けることなどとてもできない。真っ平だ！

ビールを呑んだ。

はあァ……。

ひときわ深いため息が漏れた。

はからずも、四十にして無職になった。

これからどうする……。

考える気力さえ湧いてこない。

気がつけば、目の先に、一匹の黒猫が座っている。老猫なのか、両耳の下が白く禿げた、汚い猫だ。

「おまえ、ノラか？」

声をかけた。

猫が後足で耳を掻いた。

「そうか、俺もノラだ」

堀口はコンビーフを投げてやった。

「なぁ〜にが、めんそーれ！　沖縄だァ……」

ひとりごちて、またオリオンを呷った。

浜辺に、肩を落とした背中が見えた。

秋奈は、にっこり笑って駆け出した。

「なにしてるの、こんなところで」

横に座って声をかけた。

「ふふ……、他に行くところもありませんので」

「けさ、県警で大城刑事部長に会ったら、あなたのこと、誉めちぎってたわよ。あのひとこそ、真の警察官僚でしたって」

「でした、ねえ……」

堀口が苦く頬をゆがめて、顔を向けた。

「で、アキちゃん、仕事の方はどうなの、順調なの？」

「うん。まあ、ボチボチ……」

秋奈はちょっと言葉をにごした。いま、一連の事件をまとめる連載企画にスタッフとして入っている。

安里とオキタキの謀略は、徐々にその全容が明らかにされつつある。

意外なことがわかった。

新垣礼子。

安里の秘書の彼女こそ、オキタキの正体だった。

礼子がかけていた眼鏡は、大きな瞳を隠すべく、特殊なレンズがはめられていた。バサバサの髪のカツラも押収された。

真栄原の少女ことオキタキは、ずっと安里のそばにいたのだ。そばにいて、二人で密に話し合い、ことを進めていた。安里は無能な口先知事を装い、礼子は鈍重な女秘書を装って、二人は世間を欺き続けた。巨大な野望を隠すために。

どっかで見た顔だという、ずっと抱いていた既視感は、実は礼子の面影だったと、ようやくわかった。

でも――。

砂浜に目を落とした。

肝心なことは、なにもわかっていないのだ。オキタキのことを思うたび、痛恨の思いが胸を突き刺す。

あの鍾乳洞で、オキタキはなにを言おうとしたのだろう。

あれからずっと考え続けている。

彼女が放った言葉の断片。

「この戦いに正義があると信じ込んだ」「『羅漢』の夢と重なると思い込んだ」「でも、わたしたちは、間違えた」「この輝きは、恐ろしい光」……。

これらをかき集め、つなげ、離し、またつなげ、何度も何度も反芻し、いま秋奈がようやくたどり着いた結論は、「羅漢」が安里を殺した、というものだ。

安里にあの弓弦《ゆづる》をいっぱいに張ったような緊迫した状況をつくらせ、刻限の直前に彼を殺せば、開戦は不可避となる。それが「羅漢」の初めからの企みだった。

「羅漢」が望んだものは、琉球の独立でも民の幸福でもなかった。

戦争という地獄だった。

オキタキは、安里が死んだあと、そのことに気づいたのだ。だから「羅漢」を抱いて身を投げた。「羅漢」の消滅と、突然の戦争回避の間には、なんの関係もない、誰もがそう言うだろう。あれはアメリカのおかげだと。でも、違う。オキタキが止めたのだ。「羅漢」を殺して……。

オキタキと安里は、沖縄の理不尽をなくすには、日本からの独立以外に道はないと確信していた。おそらくその考えは、安里の中にはずっと以前からあり、オキタキとの出会いによって揺るぎない信念として固まっていったのだろう。

二人の過ちは、「羅漢」を信じてしまったことだった。

琉球の国造りを夢見た、いにしえの王妃オキタキと正義の冊封使、羅漢。しかし、二人の命が注ぎ込まれたはずの「羅漢」は、五百年の歳月のうちに、血に飢えた魔書へと変貌していた。

思えば「羅漢」は、作者羅漢の非業の死を見た。南京での虐殺を見た。島民の四人にひとりが殺された沖縄の戦場を見た。ほかにも、人が人を食らう暴虐の様を嫌と言うほど見ただろう。いつしか「羅漢」には、血と狂気と憎悪が沁み込んでしまった。

ふう、と大きく息をついて空を見上げた。

いつもと同じ、澄んだ青空がひろがっている。

歴史は、怖いものよ。

オキタキは最後にそう言い残した。

歴史は、ただの時間の流れではない。それは過去を引きずる。

強欲と理不尽がまかり通ったあとには、膨大な怨みが残る。歴史の底に堆積した怨念は、いつか思いもよらぬ形で噴き出して、現代に復讐を遂げようとする。実は、それが「羅漢」の正体だったのではないか。

「羅漢」が消失し、中国は再び、尖閣の領有を主張し始めるだろう。資源開発は暗礁に乗り上げ、日本政府も、財政の裏打ちを失った沖縄に、あらゆる手を使って独立の解消を迫ってくるに違いない。

道は険しい。

秋奈は、ここで結末を見届けるつもりだ。

「ヨーシ、よしよし、お前はいい奴だ」

堀口の能天気な大声が、秋奈の想念を断ち切った。

見れば、しゃがんで黒い猫を撫でている。猫も調子よく、グリグリと頭をズボンにこすりつけている。

この人は強い。見かけより、ずっと……。

堀口の横顔を見ながら、そう思った。

「ノラ同士、俺たち気が合うんだ」

堀口が振り向いて、妙にうれしそうに言った。

「沖縄には、いつまでいるの」

と、秋奈は訊いた。

「あす、東京に戻る。官舎、叩き出されちまったし」

あした……。

急に、息苦しいほど切なくなった。

堀口から目をそらし、海の彼方に視線を投げた。

元気でね。仕事が決まったら、教えてね。

そう言おうとした。でも、言葉が出なかった。

「ひとつ、頼みがある」

突然、堀口が怖いほど表情を引き締めた。

「頼み？」

「しばらく、こいつを預かってくれ！」

猫を抱えて立ち上がり、秋奈の胸に押しつけた。

は……。

「すぐにまた、沖縄に来る。こいつに会いに」

堀口の眼をじっと見つめた。胸の鼓動が激しく打った。

「すぐに、だよ」

「ああ」

「きっと、だよ！」

「ああ」

腕の中で、猫がもがいて小さく啼いた。

本書は書き下ろしです。
原稿枚数485枚（400字詰め）。

カバー写真　kyodonews/amanaimages
カバーイラスト　imagewerksRF /amanaimages
装丁　鈴木成一デザイン室

〈著者紹介〉
青木俊（あおき しゅん） 1958年生まれ。横浜市出身。上智大学卒業後、82年テレビ東京入社。報道局、香港支局長、北京支局長などを経て、2013年独立。本書が初めての著書となる。

GENTOSHA

尖閣ゲーム
2016年2月10日 第1刷発行
2016年2月20日 第2刷発行

著 者 青木 俊
発行者 見城 徹

発行所 株式会社 幻冬舎
〒151-0051 東京都渋谷区千駄ヶ谷4-9-7

電話:03(5411)6211(編集)
03(5411)6222(営業)
振替:00120-8-767643
印刷・製本所:中央精版印刷株式会社

検印廃止

ISBN978-4-344-02887-6 C0093
幻冬舎ホームページアドレス http://www.gentosha.co.jp/

この本に関するご意見・ご感想をメールでお寄せいただく場合は、comment@gentosha.co.jpまで。